KB114553

이모탈 퓨전 판타지 소설

FUSION FANTASTIC STORY

워리어

Warrior

워리어 6

이모탈 퓨전 판타지 소설

초판 1쇄 찍은 날 § 2015년 2월 16일
초판 1쇄 펴낸 날 § 2015년 2월 26일

지은이 § 이모탈
펴낸이 § 서경석

편집부장 § 권태완
편집책임 § 한준만

펴낸곳 § 도서출판 청어람
등록번호 § 제387-1999-000006호
등록일자 § 1999. 5. 31
어람번호 § 제1-2059호

주소 § 경기도 부천시 원미구 부일로 483번길 40 서경B/D 3F (우) 420-822
전화 § 032-656-4452 팩스 § 032-656-4453
http://www.chungeoram.net
E-mail § chungeorambook@daum.net

ⓒ 이모탈, 2014

ISBN 979-11-04-90123-2 04810
ISBN 979-11-316-9239-4 (세트)

※ 파본은 구입하신 서점에서 교환하여 드립니다.
※ 저자와 협의하여 인지를 붙이지 않습니다.
※ 이 책은 도서출판 청어람과 저작자의 계약에 의해 출판된 것이므로,
   무단 전재 및 유포 · 공유를 금합니다.

이모탈 퓨전 판타지 소설

FUSION FANTASTIC STORY

6

Warrior

워리어

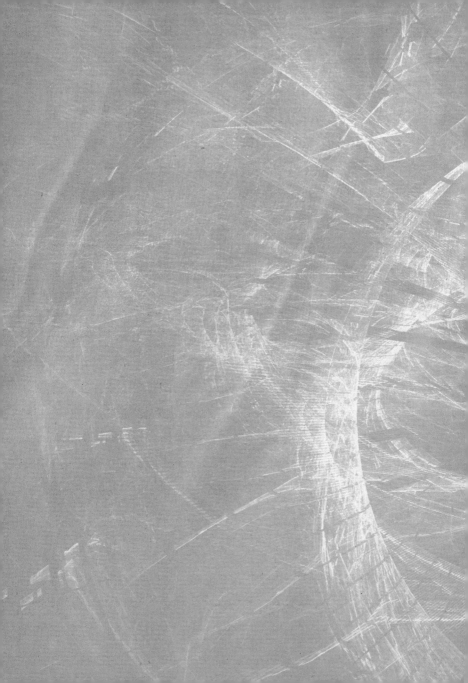

Warrior 워리어

CONTENTS

제1장	돌아오다	7
제2장	돌격	47
제3장	전설의 시작	87
제4장	전사의 귀환	123
제5장	결투	159
제6장	균열	197
제7장	대장정	235
제8장	지옥	271

제1장

돌아오다

Warrior

"그들을 살려주십시오."

"왜?"

"세력을 원하시지 않으십니까?"

카이론은 저스틴 프리스트 자작을 냉정하게 바라보았다. 세력? 정말 원한다. 아주 간절히 원한다. 프리스트 자작은 카이론의 냉정한 시선을 힘들게 받아넘겼다. 카이론의 시선은 그렇게 간단하게 받아넘길 수 있는 그런 류의 시선은 절대 아니었으니까.

"으음."

나직하게 신음성을 흘리는 프리스트 자작.

"내가 당신의 말을 들어야 하는 이유가 있나?"

꿀꺽!

프리스트 자작은 마른침을 삼켰다.

'이제부터 시작인가?'

질문을 한다는 것은 관심이 있다는 것을 의미했다. 그리고 상대는 이미 예이츠 백작에게 한 차례 모욕을 당한 적이 있는 인물이었다.

그런 그가 움직이고 안 움직이고는 자신이 지금 하는 말에 달려있다.

"어차피 어떤 의도가 있기에 이곳으로 온 것이 아니겠습니까? 예이츠 백작에게 그런 치욕적인 언사를 당하고도 군을 물리지 않은 것 역시 마찬가지입니다. 정확한 의도는 모르지만 그 의도를 관철시키기 위해서는 아마도 철의 장벽이라는 다섯 개의 성과 이 일대를 사령관의 휘하에 두어야 할 것입니다."

프리스트 자작은 지금의 상황을 정확하게 파악하고 있었다.

물론, 카이론의 의도를 정확하게 파악하고 있지는 못하지만 적어도 현재의 상황에서 군을 물리지 않는 의도에 대해서는 파악하고 있었다.

그가 어리석지 않다는 것을 반증하는 것일 게다. 아니 어리석은 것이 아니라 기존의 귀족들과는 궤도를 달리하는 지극히 현실적인 생각을 가진 자가 분명했다. 또한, 전체적인 판국을 판단하는 정세 파악이 빠르다고 할 수 있을 것이다.

"그들을 살리지 않고도 내 힘이라면 남부를 장악할 수 있다고 생각하는데……."

카이론은 짐짓 말을 흐렸다. 물론, 그러했다. 지금 남부의 귀족들은 온통 세 개의 파벌로 나눠져 서로 물고 물리는 내전에 몰두하고 있었다. 그러한 판국에 정련된 부대로 그들의 뒤를 친다면 남부의 귀족들은 힘없이 무너질 것이 분명했다.

"하지만 지지는 얻을 수는 없을 것입니다."

"귀족 따위 필요 없지. 그들이 아니더라도 그들을 대체할 만한 이들은 많으니까."

"물론 그렇겠으나 시간이 오래 걸릴 것입니다. 고래로 반란에 성공한 이들을 보면 그 대부분은 기존의 세력을 흡수했습니다. 기존의 세력을 흡수하지 않고 완벽하게 새로운 왕국이란 존재할 수 없기 때문입니다."

프리스트 자작의 말이 맞았다. 한 왕국의 귀족이란 그 왕국의 역사와 같이 한다. 역사를 무시하고 새로운 왕국을 건국한다는 것은 있을 수 없는 일임에는 틀림없었다. 그 또한 역사의 한 페이지를 장식하는 행위이기 때문이었다.

"기존의 귀족들과는 많이 다르군."

카이론의 독백과도 같은 말에 프리스트 자작은 쓰게 웃을 뿐이었다. 기존의 귀족. 탐욕스럽고 권력욕이 강하면서 오로지 자신들만이 선택받은 사람이라는 선민사상이 뿌리 깊게 자리하고 있었다.

아무리 노예가 실력이 뛰어나다 하더라도 결국 귀족 사회의 일원이 되지 못하면 당대를 넘어선 후에는 그 누구의 기억 속에 남아 있지 못하고 사라져 갔다. 귀족의 피는 귀족 스스로가 지켜야 한다는 지독하게 고루한 생각 덕분에 말이다.

카이론의 독백 속에는 아마도 그 지독스런 귀족들의 아집에 대한 비아냥거림이 들어 있을 것이다. 아니 아마도가 아닌 확신이라 할 수 있었다.

"꼭 그런 귀족만 있는 것은 아닙니다."

"하지만 아직까지 자신의 가문이 멸문당하거나 혹은 노예 또는 죄수가 되는 극한의 상황에 처하지 않고 당신과 같은 생각을 가진 귀족이나 기사들은 본 적이 없군."

카이론의 말에 지휘관 막사에 모인 대대장급 이상의 지휘관들 중 몇몇은 슬쩍 카이론의 시선을 외면하며 헛기침을 했다. 카이론은 귀족들을 너무나도 잘 알고 있었다. 조금만 틈을 주면 등 뒤에서 비수를 꽂을 수 있는 것이 귀족이라는 것을 말이다.

지금에야 쉴 새 없이 몰아치고 있기에 그런 생각을 뇌리 깊숙하게 봉인하고 있기는 하지만 언젠가는 카이론이 만만해 보이고, 조금 주변을 둘러볼 수 있는 상황이 온다면 그 날카로운 이빨을 자신의 목덜미에 들이밀 것이다.

그 전에 카이론은 그들을 온전하게 자신의 휘하로 받아들이거나 혹은 내쳐야만 할 것이다. 아직은 그 시기가 아니었기에 에둘러 경고를 하는 것이다.

"사령관님의 주변에는 그런 이들이 많은 것 같습니다."

카이론의 말에 프리스트 자작이 각 지휘관들을 보며 입을 열었다.

"저들은 그들이 말하는 죄수일 뿐."

"크흐음."

카이론의 말에 거북한 헛기침을 내뱉은 프리스트 자작이었다. 그들은 이미 복권되어 있었다. 과거 예이츠 백작보다 더 높은 곳에서 더 넓은 영지와 가신을 거느린 이들도 있었다.

하지만 지금은 복권되었을 뿐 영지도 가신도 기사도 없었다.

오로지 스스로 건사할 몸밖에는 없었다. 친지나 가족들조차 그들을 외면할 수밖에 없는 상황의 이들이 과연 귀족으로서, 군인으로서 인정받을 수 있을지는 아무도 모르는 일.

그리고 예이츠 백작은 이들을 죄수로 취급했다. 그때 조용히 둘의 대화를 듣고 있던 스키피오가 입을 열었다.

"괜찮은 제안입니다. 그가 마음에 들지는 않지만 그를 따르는 자 중 괜찮은 이들이 많습니다. 또한, 그의 명성은 남부에서 인정받는 상황. 빠르게 체제를 갖추어야 할 상황이라면 그를 이용하는 것도 나쁘지 않습니다."

"방법은?"

"꾹 눌러주면 그만입니다."

"눌러준다라……."

스키피오답지 않은 말이 흘러나왔다. 지금 상황에서 그보다 적절한 말은 없을 것이다. 예이츠 백작은 천생이 기사. 기사는 아무래도 강력함에 매료되게 마련이었다. 여기 모여 있는 대부분의 복권된 귀족들과 기사는 그의 강력함에 매료되어 스스로 그 휘하에 들었으니 말이다.

"괜찮은 방법이로군."

일단은 힘으로 누를 수밖에 없었다. 강압한다고 해서 없는 신뢰가 샘솟듯 솟아날 리 만무하다. 신뢰는 시간이 지나면서 조금씩 쌓여가는 것이니까.

"동의하나?"

"그……."

카이론의 질문에 답을 내지 못하는 프리스트 자작이었다.

솔직히 카이론이 이끌고 온 군의 전력이 어느 정도인지 제대로 파악조차 하지 못하고 있었다. 그런데 어떻게 대책이 나올 것인가?

그런데 대책을 물었다. 여기서는 주의해야 했다.

'차라리 정직하게 말하는 것이 나을 것이다.'

그것이 프리스트 자작의 생각이었다. 어쩌면 그것이 더 이 사람의 마음을 움직일 수 있지 않겠는가 하는 생각에서였다. 그가 보기에 카이론 에라크루네스 사령관은 예이츠 백작이 거절할 것을 알면서도 함께하자는 제의를 했을 것이다.

공이나 명예를 앞세운 자라면 결코 자존심을 접고 함께하자는 제의를 하지 않았을 것이다.

프리스트 자작이 카이론을 찾아온 이유는 바로 그것이었다. 귀족들이 아집에 사로잡혀 영지민에게 죽음을 강요하는 이 순간, 과감히 그들을 버리고 이곳을 찾아온 이유 말이다.

"전력에 대해 전혀 모릅니다. 소작이 전술을 마련했을 경우 오히려 득보다는 실이 많을 수 있을 것입니다."

"솔직하군."

"도움을 청하는 입장에서 거짓을 말할 여유는 없습니다."

프리스트 자작의 말에 카이론은 말없이 고개를 끄덕였다. 그리고 슬쩍 자신의 옆을 바라보았다. 그곳에는 라마나와 스키피오가 있었다. 그의 시선을 받은 스키피오가 입을 열었다.

"아마도 그는 윈저드와 루센, 그리고 치크 성의 비밀 통로를 알고 있을 것입니다."

스키피오의 말에 카이론은 시선을 돌려 프리스트 자작에게 물었다.

"있나?"

"있습니다."

그럴 줄 알았다는 듯이 미소를 떠올린 스키피오.

"그들이 했던 방법 그대로 돌려주면 됩니다."

"삼 군으로 나눈다. 치크 성은 바엘가르가, 루센 성은 키튼이, 윈저드는 내가 간다."

"명을 따릅니다."

그 후 카이론은 자리에서 일어났다. 대략적인 줄거리는 정했다. 이제 그 하부 계획은 참모들이 정하는 것이다. 참모를 두는 이유가 바로 그것이니까. 카이론이 자리를 비우고 참모들은 머리를 맞대고 전략을 짜내기 시작했다.

그 모습을 프리스트 자작은 말없이 지켜보고 있었다. 마치 꿔다 놓은 보릿자루처럼 멀뚱히 자리에 앉아 있을 뿐이었다. 그 누구도 그에게 신경을 쓰는 사람은 없었다. 한참 자리를 보존하던 그가 자리에서 일어섰다.

막사를 벗어나자 곧바로 한 명의 기사가 그에게로 다가

왔다.

"안내해 드리겠습니다."

"아! 고맙소."

그는 깨달았다. 그들은 자신을 잊은 것이 아니라 최대한 배려해 주고 있음을 말이다. 그 배려라는 것은 바로 자신이 배신했다는 자괴감에 대한 것일 게다. 여기서 그 누구도 자신의 그런 자괴감을 건드리는 사람은 없었다.

아니 오히려 그것은 배신이 아니라 옳은 판단이었고, 더 많은 이들을 살릴 수 있는 결단이었다는 것을 인지하고 있는 것 같았다.

이런 배려는 여유에서 나온다. 여유가 없으면 배려 또한 없다. 이들은 10만을 상대로 힘든 전투를 앞에 두고 있음에도 불구하고 전혀 여유를 잃지 않고 있었다.

참으로 대담하기 그지없었다. 어느 누가 있어 10만의 병력 앞에서 이리도 여유로울까? 또한, 그것이 진실이든 아니든 간에 자신이 섬기던 주군을 배신한 자를 아무런 거리낌 없이 받아주는 곳이 또 어디 있던가?

"경은… 본 작이 껄끄럽지 않은가?"

"……."

프리스트 자작의 말에 기사는 말없이 그를 뚱하게 바라봤다. 그러다 조용하게 입을 열었다.

"저는 기사였습니다. 한때 죄수이기도 했습니다만 이제는 다시 기사입니다. 저기 보이는 병사들은 우리를 토벌하기 위해 보내졌던 이들입니다. 그러한 그들이 적에서 이제는 제 휘하의 병사들이 되었습니다."

기사는 정면을 보고 걸어가면서 담담하게 입을 열었다. 마치 다른 이의 이야기처럼 말이다.

"알카트라즈라는 곳은 지옥입니다. 그곳에서는 오로지 죄수만 존재하며, 약육강식과 적자생존만이 존재합니다. 사람의 가치란 노동력을 제공할 수 있느냐 없느냐로 결정되었으며, 노동력이 없을 때에는 자신의 몸을 먹거리로 제공해야만 했습니다."

"으음."

기사의 말에 프리스트 자작은 낮은 신음성을 흘렸다. 설마 인육까지 먹었을지는 몰랐다. 알카트라즈라는 곳은 생각 이상으로 힘든 곳임에는 분명했다. 인세에 지옥이 있다면 아마도 그곳을 말하는 것이 아닐까 할 정도로 말이다.

그리고 그러한 알카트라즈에서의 생활을 고저 없이 말하는 기사의 감정이 고스란히 전해져 오고 있었다. 그 처절함이 말이다. 그러하기에 전율을 느끼며 신음을 흘리지 않을 수 없었다.

"그 속에서 제가 무엇을 느꼈는지 아십니까?"

"그……."

"인간이란 다 똑같다는 것입니다. 귀족이든 왕족이든 고고한 학자든 간에 모두 죽음 앞에서는 한낱 두려움에 떠는 인간일 뿐이라는 것을 말입니다. 그리고 그 깨달음 속에서 또 하나 깨달은 것이 있습니다."

우뚝!

그와 함께 기사가 걸음을 멈춰 세웠다. 그리고 프리스트 자작을 바라보며 입을 열었다.

"인간은 의지를 잃는 그 순간 이미 인간이 아니라는 것을 말입니다. 여기 있는 모든 이들은 의지를 가지고 있습니다. 그리고 그 의지대로 이 피의 늪지에 발을 담갔습니다. 자작님께서도 그렇지 않습니까? 주군을 배신한 것 역시 강요당한 의지가 아닌 스스로의 의지일 것입니다. 그 스스로의 의지에 대한 책임 역시 감당할 요량이고 말입니다."

"그… 렇군."

동의했다. 자신의 의지였다. 하지만 이해할 수 없었다. 그 의지와 지금 자신이 묻는 말과 어떤 연관이 있는지 말이다.

"하지만 아직 내 질문에 대해서는 답을 하지 않은 것 같군."

"자기중심적인 아집에 가득 차 있고, 가문을 위해서라면 한 사람의 목숨이나 혈연쯤은 지워 버리는 그런 귀족보다는 백배 천배 낫다고 생각합니다만."

그에 기사를 빤히 바라보는 프리스트 자작이었다. 지금 기사의 말은 상당히 파격적인 말이라 할 수 있었다. 기사의 덕목은 사회를 비판하는 것이 아닌 충성과 오로지 주군을 위한 전투뿐이었기 때문이었다.

'이들은… 많이 다르구나.'

확실히 달랐다. 비록 한 명뿐이지만 그 한 명으로 대략적으로 파악할 수 있었다. 그렇게 인식하고 나니 훈련 중인 병사들이나 훈련 후 휴식을 취하고 있는 기사들의 모습이 새롭게 다가오고 있었다.

'조금 더 두고 봐야 하겠지만 어쩌면 나의 꿈이 가능할지도……'

프리스트 자작은 그리 생각했다. 그가 오랫동안 꿔왔던 꿈. 이상이라 생각하고 포기하고, 이루지 못할 것이라 자괴감을 수없이 느꼈던 자신이었다. 그런데 전혀 기대하지 않았던 곳에서 자신의 꿈을 다시 꿔볼 수 있게 된 것이었다.

그렇게 프리스트 자작의 하루가 지나갔다. 그 하루 동안 카이론이 이끄는 예니체리는 부대 편성을 마쳤다.

카이론에게 배속된 이들 중 가장 눈에 띄는 자는 역시 전투 지원 연대장인 캐슬린 매그로우와 폴린 노르딘이라 할 수 있었다. 한 명은 지극히 아름답고 화사했고, 한 명은 현세의 지옥이라는 알카트라즈에서 10년을 살아남은 여인이었다.

그 덕분인지 둘에 대한 평가는 극명했다. 캐슬린 맥그로우에 대한 인식은 분명 지휘관이었지만 실제 전투에 있어서 그녀는 여전히 부담으로 작용하고 있었다. 아직까지 여기사에 대한 혹은 그녀에 대한 인식이 그리 좋지 않은 까닭이었다.

아니 여자가 전투에 참여한다는 것 자체가 부담으로 다가오고 있었다. 그러한 면에서 키튼과 함께 편성된 폴린 노르딘은 달랐다. 그녀는 여인이라기보다는 전사였다. 기사도 아닌 전사 말이다.

그녀는 모두가 인정하고 있었다. 한 명의 기사이자 지휘관으로 말이다. 그에 캐슬린 맥그로우는 잠시잠깐 그러한 폴린 노르딘을 바라봤다. 그녀는 지금 누군가와 실랑이를 벌이고 있었다.

"왜 내가 당신과 함께 배속되어야 하는 거죠?"

"어차피 싸우는 것은 어디를 가나 마찬가지지 않은가?"

"그 이전에 난 2연대의 2대대장이었죠."

"그래서 뭐가 어쨌다는 건가?"

폴린 노르딘과 다르게 키튼은 무덤덤하게 그녀의 말을 받았다. 그녀는 짜증난다는 듯이 계속 그에게 따져 묻고 있었다.

"들리는 소문이 있더군요."

"무슨?"

"내가 당신의 애인이라는……."

"뭐? 대체 어떤 새끼가 그 따위 말을 하는데? 말을 해봐. 가서 주둥아리를 찢어버리게."

폴린의 말에 키튼은 펄쩍 펄쩍 뛰었다. 물어보는 사람이 무안할 정도로 말이다.

"그저 소문일 뿐인가요?"

"당연한 것을 묻는군."

"하면, 당신이 날 일부러 이쪽으로 배속했다는 말은요?"

"그게 어디 가당키나 한 소린가? 부대 배치는 오로지 참모부의 결정. 내가 무슨 힘이 있다고……."

어깨를 으쓱해 보이는 키튼을 한참동안 쏘아보던 폴린 노르딘은 이내 고개를 저으며 신형을 돌려세웠다.

"믿겠어요."

그 말을 남기고 멀어지는 폴린 노르딘. 그에 그 모양을 지켜보고 있던 해머슨 카르타고가 다가와 키득거리며 키튼의 어깨를 툭 쳤다.

"아이고~ 길들이려면 고생 좀 하겠소."

"뭐? 이게 진짜 대체 뭔 소리를 하는 건데?"

"정말 모르는 거요? 그럼 내가 대쉬해도 되겠네?"

"이게 정말 어디서 군침을 흘리고……."

키튼이 주먹을 쥐고 그를 때리려는 듯한 모양새를 취하자 해머슨은 무섭다는 듯이 펄쩍 뛰어 저만큼 물러나면서 어깨를 으쓱해 보이며 크게 웃어 보였다. 마치 지금 상황에 매우 재미있다는 듯이 말이다.

"아씨~ 저걸 어떻게 자빠뜨려야 하는데… 저걸 어떻게 하나. 에휴~"

그러다 키튼은 이미 사라진 폴린 노르딘을 바라보며 나직하게 독백을 했다. 그는 한마디로 첫눈에 그녀에게 반했다. 남들은 그녀를 사내처럼 대하고 그녀 또한 사내처럼 행동했지만 그의 눈에는 그 어떤 여인보다 아름답게 보였던 것이다.

그런 자잘한 소요를 지켜보는 캐슬린 맥그로우. 그녀는 깊숙하게 눌러쓴 헬름 사이로 폴린 노르딘의 뒷모습을 쫓고 있었다.

그 순간 그녀의 귓가로 들려오는 소리.

"출발한다."

카이론은 무심하게 입을 열었다. 그를 따라 3천의 병력이 움직이기 시작했다. 달도 뜨지 않은 칠흑 같은 어둠 속에서 마치 대낮인 양 거침없이 걸음을 옮기는 카이론이었다. 병사들 역시 그동안의 훈련이 빛을 발하고 있었다.

조용하지만 신속한 움직임. 움직이는 중간에 3천에 이르는 병사들은 각각 1천씩 갈라져 나갔다. 1천은 카이론이, 1천은 캐슬린 맥그로우 전투 지원 연대장이, 1천은 키튼과 폴린 노르딘이 이끌었다.

카이론이 향한 곳은 윈저드 성의 남문에서 5㎞ 정도 떨어진 지역으로 오래되어 폐허가 된 마을이 자리한 곳이었다. 그리고 그곳을 지나쳐 조금 더 나아가자 갖은 넝쿨이나 나무판자로 진입을 막아 놓은 폐광 하나가 자리 잡고 있었다.

카이론은 서슴없이 그 폐광으로 걸음을 옮겼고, 1천의 병력이 그를 따랐다. 폐광은 오랫동안 버려져서인지 폐광을 지탱하고 있는 지지대는 낡고 금방이라도 부서질 듯 삐걱대며 우수수 흙더미를 쏟아내기도 했다.

때로는 토실토실한 쥐가 갑자기 튀어나오기도 했고, 보보마다 거미줄에 걸린 거미까지 있었다.

깊이 들어갈수록 음습해졌고, 물방울이 떨어져 내리기 시작했다. 그렇게 얼마쯤 걸어 들어갔을까?

마침내 하나의 거대한 석문이 모습을 드러냈고, 문 옆에는 어른 키만 한 장치가 있었다. 카이론은 거침없이 장치를 잡고 돌리기 시작했다.

그… 그그그극!

돌이 갈리는 듯한 소리가 나며 거대한 석문이 서서히 열리기 시작했다. 오랫동안 사용하지 않아서인지는 몰라도 거대한 석문이 열림과 동시에 마치 지진이라도 난 듯이 바위투성이의 벽면이 진동하며 돌가루가 풀풀 날렸다.

그리고 문을 열고 도착한 곳은 바로 물이 사라지고 장정 열댓은 족히 서 있을 수 있는 오래된 우물이었다. 하늘을 보니 나무로 만들어진 낡은 뚜껑 사이로 별이 보이고 있었다.

난감했다. 병력을 셋으로 나눴다고는 하지만 무려 1천이었다. 이 병력이 한꺼번에 우물을 타고 올라가기에는 상당한 시간이 소요될 것이 뻔했기 때문이었다.

카이론은 주변을 세심하게 살폈다. 이곳은 비상통로. 탈출을 위한 곳. 그렇다면 저 위에서 이 아래로 떨어져 내리지는 않을 것이었다. 분명 어떤 장치가 있을 것이라 생각했다. 그리고 그의 생각은 맞아떨어졌다.

"계단이 있습니다."

누군가 카이론에게 속삭였고, 카이론은 고개를 끄덕였다. 카이론이 선두에 서서 빠르게 병력을 이끌었다. 그 통로가 그들을 이끈 곳은 우물 위가 아니었다. 바로 주방의 벽난로 뒤쪽이었다. 우물은 그저 눈속임일 뿐인 것이다.

주방은 바로 식당과 연결되어 있을 것이고, 그렇다는 것은 연회장 및 성의 중심부로 통할 수 있는 최단거리가 마련된다는 것을 의미했기 때문이었다. 보통이라면 이런 비밀 통로를 두기 가장 좋은 곳은 역시 집무실일 것이다.

하지만 그것은 모두가 생각하는 것. 그 생각을 뒤집는 통로라 할 수 있었다. 카이론은 귀에 마나를 집중시켰다. 그에 벽 넘어 주방 쪽 상황이 속속들이 그의 귓속으로 전달되었다. 그 상황이란 한마디로 적막 그 자체였다.

지금 시각이 자정을 넘긴 시각. 일직 사령이나 일직 사관, 그리고 경계병을 제외하고는 모두 잠들어 있을 시간이었다. 그리고 더욱이 이들은 승전을 하고 난 후였다. 덕분에 사기는 끝도 없어 올라갔으나 경계심은 다소 헐거워질 수밖에 없었다.

카이론은 밖의 상황을 확인하고 벽을 밀었다. 우물 아래의 비상 통로와는 다르게 상당히 쉽게 열렸다. 물론, 돌이 갈리는 듯한 소리는 흘러나왔지만 재빠르게 한 명의 병사가 들고 있던 횃불을 끄고 기름먹인 헝겊을 작은 돌 틈에 밀어 넣어 그 소리를 최소화했다.

벽면이 완벽하게 열리고, 1천의 병력이 주방으로 쏟아져 들어갔다. 아무리 주방이 넓다고는 하지만 1천 명을 모두 수용할 수 없음은 자명한 사실.

카이론은 20~30명의 인원이 나오자 그들을 거느리고 곧바로 주방을 빠져나갔다.

그 이후로 계속 병사들은 주방을 빠져나왔지만 주방은 거대한 연회장과 연결되어 있었다.

이 정도면 충분히 모두를 수용할 수 있는 수준이었다. 게다가 사방이 막힌 구조가 아닌 열린 구조였다.

그리고 연회장이어서인지 별다른 경계병조차 없었다. 카이론은 등 뒤를 바라보며 고개를 끄덕였고, 1천의 병력은 다시 1백 명 단위로 갈라져 어둠 속으로 사라지기 시작했다. 그러함에도 불구하고 그들은 전혀 소음조차 내지 않고 있었다.

마치 어둠과 동화된 듯한 그들의 움직임. 신속하게 움직여 나가던 카이론의 신형이 멈춰 선 곳은 윈저드 성의 중앙에 위치한 타워형 본관이었다.

외성벽과 내성벽과는 전혀 다르게 타워의 꼭대기에 서면 모든 전황을 한꺼번에 볼 수 있을 정도였고, 벽체 또한 견고하기 그지없었다.

그런데 카이론은 잠깐 눈살을 찌푸렸다. 분명 이곳에는 적의 주장이 있어야 할 자리였다. 그리고 타워형 본관은 이중삼중으로 삼엄한 경계가 있어야만 했다. 한데, 너무나 헐거웠다. 마치 본대는 모두 빠져나갔다는 듯이 말이다.

카이론은 감각을 확장시키기 시작했다. 그리고 상당히 먼 거리에서 크릭 성을 향해 진군하고 있는 대규모의 병력을 느낄 수 있었다. 비단 이곳만이 아니었다. 감각을 확장할 수 있는 최대한으로 확장하자 루센 성과 치크 성까지 모두 그의 감각 아래 들어왔다.

'그랬군.'

나파즈 왕국군은 지금 크릭 성과 워릭셔 성을 공격하기 위해 움직이고 있었다.

보통 이 시대의 전투라 하면 저녁 시간은 피하고 오전 식전도 피한다. 전투를 하기 위해 뿔나팔을 불고, 전고를 울린다.

들어갈 테니 준비하라는 듯이 말이다. 그리고 대회전이라는 말이 있는데 그것은 어느 날, 어느 시, 어느 장소에서 만나 단판을 짓자는 약속된 전투였다. 어떻게 보면 기사로서, 귀족으로서 정정당당함을 드러내는 대목이기도 했다.

하지만 그 내면을 살펴보면 성과 성 혹은 도시와 도시를 잇는 도로 사정이 열악하고, 언제 몬스터의 습격을 받아 어떻게 될지 모르기에 그러한 시간과 약속을 정해 다른 길로 지나가는 것을 방지하기 위함이었다.

물론, 이러한 상식은 마법이라는 것이 모습을 드러내기 전 까마득한 고대 시대의 전투 방식이었으나, 그 고대 전투 방식은 여전히 유효해 아직까지도 그것이 기사로서 혹은 귀족으로서 전장에서 지켜야 할 예의처럼 굳어져 오고 있었다.

그런데 나파즈 왕국군은 그런 틀에 박힌 전투를 지양하고 있었다.

야간 전투를 선호하지 않음에도 불구하고 그들은 전격적

으로 야간 전투를 실행하기 위해서 움직인 것이었다. 워낙 대
군이기에 크릭 성과 워릭서 성에서 모를 리는 없겠으나, 예상
외의 전투는 그들에게 상당히 치명적인 두려움을 가지게 할
것이었다.

"성을 점령한다."

카이론이 명을 내렸다. 예상에 훨씬 못 미치는 방어 병력이
기는 하지만 이것은 오히려 카이론의 입장에서 반가운 일이
었다. 모자란 병력으로 세 개의 성을 한꺼번에 점령할 수 있
으니 말이다.

물론, 애초에 점령하지 못한다는 생각은 하지 않았다. 그
들은 진격을 하기 위해 비밀 통로 따위에는 신경조차 쓰지
않았을 것이고, 자신들의 존재조차 알지 못할 것이기 때문이
었다.

카이론이 등 뒤에서 커다란 기형의 언월도를 빼 들었다. 그
리고 타워형 본관을 향해 빠르게 내달렸다.

"누구……."

서걱!

한 병사의 목이 떨어져 내렸다. 그리고 타워형 본관을 경계
하고 있던 1선 경계병의 목이 거의 동시에 떨어져 내렸고, 빠
르게 안으로 내달렸다. 하지만 모든 것은 꼭 계획한 대로만
이루어지지는 않았다.

"적이다!"

"크하아악!"

나파즈 왕국의 병사들은 죽어가면서 소리를 질렀고, 그 소리는 빠르게 윈저드 성에 퍼져 나갔다.

때대대대댕!

"적이다~"

"기사앙! 기사앙!"

고요했던 윈저드 성이 시끄러워지기 시작했다. 사방에서 화광이 충천하고 병사들의 외침소리가 들려왔다. 그리고 그 소란스러움과 동시에 윈저드 성에는 비명 소리가 울려 퍼졌고, 비릿한 피 냄새가 후각을 자극하기 시작했다.

"누구냐?"

"막아!"

카이론을 앞을 가로막는 몇 명의 병사들. 하지만 그들은 애초에 카이론의 적수가 되지 않았다. 그저 한 번의 휘두름에 그들은 비명조차 지르지 못하고 죽음을 맞이해야만 했다.

쉬가가각!

그때 병사에게서는 전혀 느낄 수 없는 기세와 함께 굉렬한 파공음이 들려왔다.

카앙!

"감히!"

나파즈 왕국의 기사였다. 기세 좋게 외치며 카이론을 향해 일검을 날렸으나 그 기사는 손아귀를 통해 전해지는 아릿한 감각을 느끼며 오히려 뒤로 물러나고 말았다. 하지만 카이론은 그러한 기사를 놓아줄 생각이 없었다.

　기사 한 명이면 병사 열은 살릴 수 있음이니 카이론의 언월도가 유려하게 움직이며 기사의 정수리를 쪼개갔다.

　기사는 비틀거리며 물러나는 와중에도 자신의 정수리를 향해 쏟아져 내리는 검을 막기 위해 방패를 들어 올렸다.

　쩌어억!

　하지만 들려오는 소리는 의외의 것이었다. 방패와 기사의 팔, 그리고 기사의 정수리가 그대로 갈라지는 소리. 핏물이 퍼져 나올 때쯤 카이론은 이미 타워 본관 2층 계단을 타고 있었다.

　그 모습은 마치 선불 맞은 오거 같아 그 누구도 카이론의 앞을 가로 막으려 하지 않았다. 이미 완벽하게 그 기세에 눌렸기 때문이라고 하는 것이 맞았다.

　"멈춰라!"

　그때 몇 명의 기사가 카이론의 앞을 가로막았다.

　쉬칵!

　툭!

　그때를 같이하여 카이론은 한 병사의 목을 베어내고 있었다. 병사의 목은 느릿하게 떨어져 내렸고, 목이 떨어진 후 약간의 시간을 두고 몸이 허물어졌다. 그리고 죽은 병사의 목에서는 진득한 선혈이 흘러나와 바닥을 적셨다.

"네놈!"

몇 명의 기사와 함께 나온 이는 아마도 후방을 담당하는 귀족일 가능성이 높았다. 1층에서 겨우 한둘을 보았을 기사가 다섯이나 되었으니 말이다. 그리고 기사들을 제외하고 제법 출중해 보이는 젊은 귀족들도 몇이 있어 나름 기세를 올리고 있었다.

가운데 구티 스타일의 수염을 지닌 귀족이 노호성을 토해냄과 동시에 다섯 기사와 젊은 귀족들이 카이론을 둘러쌌다. 카이론은 그러한 그들은 신경조차 쓰지 않는 듯 언월도를 들어 구티 스타일의 수염을 지닌 귀족을 향했다.

"네가 후방 전투 지원대의 사령관인가?"

"어떻게?"

카이론의 너무나도 정확한 말에 구티 스타일의 수염을 지닌 귀족이 해연히 놀랐다. 하지만 이내 침착한 모습을 되찾았다. 잠시만 생각해 보면 알 수 있는 것이었으니까. 오히려 상대의 물음에 너무도 쉽게 자신을 밝힌 자신의 행동이 마음에 들지 않아 살풋 인상을 찌푸렸다.

"카테인 왕국군인가?"

"그렇다고 해두지."

"지원은 없는 것으로 알고 있는데?"

정보를 얻기 위한 행동이었다. 그에 카이론이 흰 이를 드러
내며 웃었다.

"오랫동안 준비한 것 같군."

카이론의 말에 오히려 당황하는 귀족. 정보를 얻기보다는
오히려 정보를 주고 있는 상황이었으니까 말이다. 하지만 이
내 안색을 굳히며 딱딱한 목소리로 입을 열었다.

"혼자인가?"

"혼자 왔을 것 같은가?"

"그건… 아닌 것 같군."

카이론의 질문에 살짝 인상을 찌푸린 나파즈 왕국의 귀족.
보지 않아도 알 수 있었다. 이미 윈저드 성은 일단의 병력들
의 기습에 의해 혼란이 가중되고 있음을 말이다. 들려오는 소
리로 판단해 보면 적의 숫자는 많지 않은 듯했다.

"문답무용이라는 말이 있지."

"딴은 그렇군. 죽여!"

나파즈 왕국의 귀족은 거칠게 외쳤다. 적이면 죽이면 그만
이었다. 정보를 캐기 위해 이러쿵저러쿵할 필요조차 없었다.
이미 상대 역시 그리 생각하고 있으니 말이다. 귀족의 외침이
이는 순간 다섯의 기사가 움직였다.

그들의 검에서는 붉은색의 오러가 넘실거리고 있었다. 전투 중도 아니고 단 한 명을 상대함에 있어 오러를 담는다는 것은 빠르게 상대를 제거하고 내부를 안정시키겠다는 의지의 표현일 것이다.

그런 그들의 태도에 카이론은 고개를 끄덕여 인정할 수밖에 없었다.

'이들은 많은 것을 준비했군.'

많은 준비를 했다. 하지만 카테인 왕국은 전혀 준비가 되어 있지 않았다. 철의 장벽을 믿고 준비하지 않은 다섯 개의 성이 순식간에 함락된 것은 당연한 것이었다. 그리고 아마도 자신이 세 개의 성을 점령하는 동안 크릭 성과 워릭서 성조차 함락당할 수도 있다는 생각이 불현듯 들었다.

'빠르게 처리해야 하겠군.'

그러한 생각을 하는 동안 네 개의 검이 카이론을 향해 쇄도했다. 카이론은 가볍게 언월도를 휘둘러 자신을 향해 쇄도하는 붉은색 오러를 잘라냈다. 말 그대로 잘라냈다. 공격을 하던 네 명의 기사는 찢어질 듯 부릅뜬 눈으로 카이론을 바라보았다.

무려 오러 스트림이 시전된 검이었다. 그런데 그런 검을 그저 가볍게 휘두르는 것만으로 잘라내 버리고 있었다.

"무슨⋯⋯."

"어, 어떻게⋯⋯!'

그들의 놀람은 당연했고, 카이론은 놀란 그들을 놓아주지 않았다. 다시 한 번 그의 언월도가 잔상을 남기며 허공을 휘저었다.

"큭!'

명령을 내린 귀족의 목에는 어느새 카이론의 언월도가 닿아 있었다. 귀족은 몸을 피하려 했다. 하지만 그것은 그의 생각일 뿐. 그의 생각보다 빠르게 카이론의 언월도가 움직였고, 나파즈 왕국의 귀족은 자신의 피를 보며 뒤로 넘어가고 있었다.

"네, 네놈이⋯⋯."

"죽어랏!'

그러함에도 기세가 죽지 않았음인가? 살아남은 기사와 귀족들이 검을 빼들고 카이론에게 달려들었다. 카이론의 신형이 돌려세워지고, 언월도가 그어졌으며, 그의 얼굴에는 검붉은 핏물로 적셔졌다.

카이론이 아주 손쉽게 윈저드 성을 함락한 그 시각, 루센 성의 비밀 통로를 통해 성내로 진입한 캐슬린 맥그로우 연대장은 의외의 복병을 만나 고전을 하고 있었다.

"크흐흐. 이럴 줄 알았지. 사단장님이야 뭐 별 걱정할 필요 없다고 하지만 대체로 이런 성이면 몇 개쯤은 비밀 통로가 있게 마련이지."

캐슬린 맥그로우 연대장은 자신의 앞에 서 있는 거구의 기사를 바라보다 미약하게 고개를 끄덕이며 클레이모어를 고쳐 잡았다.

"예니체리 사단 전투 지원 연대장 캐슬린 맥그로우라 한다."

"웃기는 놈들이로군. 사람이 없었나? 여자를 전투에 참여시키게?"

그러면서 이죽거리는 거구의 기사.

"나파즈 왕국의 기사는 모두 너와 같은가? 예를 보임에 비웃음으로 대하나?"

"큭! 계집 주제에 제법이군. 어디 한 번 나를 이겨보아라. 그러면 너에게 내 이름을 알려줌과 동시에 네 발등을 핥으마."

"그 말, 후회하게 될 것이다."

캐슬린의 눈동자가 변했다. 독심을 품기 시작했다. 그녀는 무거운 클레이모어를 들고서 빠르게 치고 나갔다. 그에 나파즈 왕국의 기사는 살짝 당황하는 얼굴을 보였다. 생각보다 빠르고 절도 있는 움직임 때문이었다.

그는 뒤늦게나마 경각심을 가지고 풋맨즈 플레일

(Footman's flail)을 휘둘렀다.

거구에서 흘러나오는 힘은 엄청났다. 캐슬린의 머리 위에서 느껴지는 풍압에 살짝 상체를 숙이고 대지를 박차는 다리에 더욱 힘을 가했다. 순간적으로 폭발적인 힘으로 앞으로 쏘아지는 캐슬린.

기사는 위험을 느끼며 공격을 멈추고 급급하게 방어에 나섰다.

카앙!

클레이모어와 풋맨즈 플레일이 부딪히며 격한 소리가 귀청을 때렸다. 하지만 그것은 시작에 불과했다. 캐슬린은 양손검인 클레이모어를 마치 한손검을 다루듯이 자유자재로 다뤘다. 두 손으로 베고 휘돌며 한 손으로 찌르고 다시 뛰어내리며 정수리를 찍었다.

"이, 이런."

기사는 땀을 뻘뻘 흘리면서 캐슬린의 공세를 막아냈다. 하지만 다 막아내지는 못했는지 풀 플레이트 메일 여기저기에 검흔을 남기고 있었다. 그에 기사의 얼굴을 시뻘겋게 물들어갔다. 실력에서 지고 있는 것을 치욕으로 느끼고 있는 것이었다.

"우와아악!"

기사는 분을 못 이겨 커다란 함성을 지르며 상황을 반전시

키려 했다. 그때 캐슬린의 클레이모어에서 주황색의 오러 포스가 시전되고 있었다. 기사의 얼굴은 경악으로 물들어 있었다. 자신했었는데 여기사는 자신보다 한 단계 윗줄의 실력자였던 것이었다.

하지만 그래도 물러설 수는 없었다. 그 역시 풋맨즈 플레일에 붉은색의 오러 스트림을 시전했다.

쿠와아앙!

그와 함께 들려오는 둔중한 소음.

"크흐윽!"

기사는 손목이 부러질 것 같은 충격을 받았다. 하지만 그 충격은 결코 한 번에 국한되지 않았다. 그저 위에서 아래로 끊임없이 내려치는 캐스린 맥그로우. 그녀의 신장이 크다고 하지만 상대는 거의 2미터에 가까운 거구의 기사.

그런 기사를 클레이모어로 사정없이 내려치고 있었다.

콰앙! 쾅!

쩌저적!

내려칠 때마다 기사는 답답한 신음성을 흘렸고, 버티는 그의 두 다리는 점점 구부러지고 있었다. 기사의 풋맨즈 플레일에 금이 가기 시작했다. 원래대로라면 기사의 풋맨즈 플레일은 진즉에 조각나야만 했다.

아무리 대단하다고 하나 오러 포스가 시전된 검을 정면으로 맞고 형태를 유지하고 있다는 것 자체가 있을 수 없는 일이기 때문이었다. 그것은 그만큼 캐슬린의 분노가 컸다는 것을 의미했다.

툭!

그리고 결국에는 캐슬린은 거구의 기사의 무릎을 꿇렸다. 그와 함께 기사의 풋맨즈 플레일을 가루로 만들어 버렸다.

척!

캐슬린의 클레이모어가 기사의 목젖에 닿았다.

"약속을 지켜라."

"감히……."

슈각!

"크흐윽"

캐슬린의 클레이모어가 기사의 어깨를 꿰뚫고 지나갔다.

"내가 아는 기사는 한 입으로 두말하지 않는 존재다."

"너 따위에게… 크아아악!"

말을 다 하지 못하고 비명을 지르는 기사. 캐슬린의 클레이모어가 기사의 어깨를 날려 버렸다.

"아직 잘릴 곳은 많다. 너무 많아 어디를 어떻게 잘라야 할지 모르겠다. 어깨를 자르고 나니 조금 아깝다는 생각이 든다. 조금 더 세분했어야 하는데 말이지."

캐슬린의 나직한 말에 치를 떠는 나파즈 왕국의 기사.

"크흑. 기사의 명예를 더럽히지 말라."

"기사의 명예? 그게 대체 뭐지? 전투 이전에 당당하게 너의 입으로 했던 약속을 지키지 않는 것은 기사의 명예를 더럽히는 것이 아닌가?"

"감히 여자 따위가… 끄륵!"

결국 기사는 말을 다 잇지 못했다. 그의 열린 입속으로 캐슬린의 클레이모어가 꿰뚫고 지나가 관통하고 있었다.

"너는 기사 자격이 없다."

쑤욱!

검을 빼든 캐슬린은 이미 죽어 쓰러져 가는 기사에게 일별조차 하지 않은 채 치열하게 전개 되고 있는 전장 속으로 몸을 날렸다. 그녀가 가는 곳에는 여지없이 붉은 핏물이 튀어 올랐다.

가로막는 모든 것을 잘라내 버렸다. 그 누구도 그녀의 일합을 버티지 못했다. 그리고 그녀의 주변에는 그 누구도 다가오지 않았다.

"마, 마녀……!"

"네 이년!"

병사들은 물러나고 기사들은 눈에 불을 켜고 그녀를 향해 쇄도했다. 그녀는 이미 얼굴을 가리던 헬름을 벗어 던진 지 오래였다. 헬름은 자신의 존재를 감춰주는 그런 존재. 하나,

지금 이 순간 그녀는 헬름에 의존하지 않게 되었다.

또한, 질척한 핏물과 뇌수가 뒤엉킨 대지를 보며 토악질도 하지 않았다. 준비가 되었다. 자신을 믿고 따르는 부하들을 이끌 준비가 비로소 된 것이었다. 자신이 원했던 삶을 살아가고 있는 것이었다.

치열하고 잔인한 전장에서 말이다.

"네년… 악마로구나!"

클레이모어에 흘러내리는 피를 털어내며 무심하게 자신을 향해 외치는 노한 기사를 바라보는 캐슬린.

"악마? 악마라… 웃기는군. 너희들은 뭔가? 애초에 이 성을 점령하기 위해 수백의 병사들을 죽인 너희들이 나에게 할 말은 아니라고 생각되어지는군."

"이, 이……!"

"말이 많다. 오라. 너희가 업신여기는 여자의 힘과 너희들이 짓밟고 싶어 하는 카테인 왕국의 힘을 보여주마."

"죽어랏!"

한 명의 기사가 노호성을 터뜨리며 캐슬린을 향해 쇄도했고, 그와 같이 하여 그녀를 경계하던 기사들 역시 검을 들고 그녀를 향해 쇄도했다. 그런 그들을 보며 설핏 웃음을 떠올리는 그녀의 입술.

피처럼 붉고 육감적인 그녀의 웃음은 어찌 보면 퇴폐적이고 어찌 보면 지극히 냉정하게 보였다. 하지만 지금 이 순간 그녀가 보여준 웃음 명백한 비웃음이었다.

기사도를 강조하며, 다수로는 절대 한 명을 감당하지 않는다는 그들이 단체로 연약한 여자를 향해 검을 들고 쇄도하고 있었다.

"너희들 역시… 인간일 뿐."

쇄에엑!

그녀의 클레이모어가 한 기사의 목을 꿰뚫었다. 클레이모어가 뽑히자 분수처럼 피가 쏟아지며 기사가 쓰러졌으며, 캐슬린의 상체는 급격하게 숙여졌고, 그대로 회전하며 허리쯤을 그대로 베어갔다.

주황색의 잔상이 검로를 밝혔다. 그리고 또다시 한 명의 기사의 허리가 잘려 나가며 피분수가 솟아올랐다. 크게 한 걸음 내딛으며 클레이모어를 두 손으로 잡아 아래에서 위로 그어 올렸다.

가가가각!

기이한 불협화음이 들려왔다. 급격하게 그녀의 검을 방패로 막아가던 기사의 검이 통째로 잘려 나가며 기사의 팔이 피분수와 함께 솟아올랐다.

"크하아악! 끅!"

목이 쉬도록 비명을 지르던 기사의 입이 막혔다.

"으아아아악!"

두 손으로 클레이모어의 손잡이를 잡고 기사의 입에 처박은 후 괴성을 지르며 밀고 들어가는 캐슬린이었다. 그녀의 괴성은 스물한 해를 살아오며 누르고 눌러왔던 모든 울분을 한꺼번에 토해내는 것과 같았다.

거구의 기사는 이미 죽었는지 어떠한 반항도 하지 못했다. 그저 축 늘어져 있을 뿐이었다. 그런 기사를 밀고 들어가 벽에 그대로 박아 넣는 캐슬린.

콰아아앙! 쩌적!

벽에서 먼지가 나고 거미줄 같은 실금이 갔다. 먼지가 가라앉을 즈음 캐슬린은 클레이모어를 빼 들었다. 클레이모어에 박혀 있던 기사의 시체가 힘없이 떨어져 내렸다. 그리고 그녀가 돌아섰을 때.

주춤. 주춤.

기사들이든 병사들이든 가릴 것 없이 물러났다. 그런 그들을 바라보며 캐슬린은 클레이모어를 질질 끌며 성의 중앙에 있는 본관에 들었다.

그녀의 앞을 가로막는 이는 아무도 없었다. 이미 그녀의 폭발적인 힘을 보았기 때문이었다.

최초 그녀에게 할당되었던 기사들과 병사들 역시 마찬가지였다.

그들의 뇌리에는 그녀가 여자라는 것은 지금 이 순간 완벽하게 지워지고 있었다. 살아남은 9백 몇 명의 기사들과 병사들은 그녀를 진실한 지휘관으로 인정하게 된 것이다.

그녀가 걸어가는 그곳에는 길게 혈선이 그려지고 있었다.

우뚝.

"누군가?"

"경비 대장으로 보입니다."

"아국 사람인가?"

"나파즈 왕국군에 항복한 것으로 보입니다."

"그는… 기사인가?"

"아닙니다."

캐슬린의 질문에 한 기사가 절도 있게 대답했다. 캐슬린의 사로잡힌 경비 대장에게로 걸어갔다.

"사, 살려주시오. 살려주면 뭐든지 하겠소."

그런 경비 대장을 삐딱하게 바라보는 캐슬린이었다. 그녀의 눈이 가늘어졌다.

"대가 약하군. 경비 대장이면 사로잡힌다 해도 며칠의 유예기간이 있을 것이다. 그럼에도 성이 함락되자마자 전향했다는 것은 사리사욕 때문이라 할 수 있겠지."

그녀는 주변을 훑어보았다. 사로잡힌 이 중 누구도 그녀와 시선을 마주하기를 두려워했다.

"압송한다."

"명!"

이로써 윈저드 성이 단 한 시간 만에 다시 카이론의 손에 떨어졌다. 또한, 치크 성과 루센 성 역시 비슷한 시각에 예니 체리 사단에 의해 점령당했다.

제2장

돌격

"가, 각하!"

"무슨 일인가?"

하루 종일 풀 플레이트 메일을 입은 채 긴장한 상태로 있다가 이제야 쉬려는 틈을 타 부관이 집무실의 문을 왈칵 열어젖히며 다급하게 외쳤다.

"야, 야습입니다."

"무어라!"

집무실의 의자에 몸을 묻은 채 잠시 휴식을 취하고 있던 예이츠 백작이 의자를 박차고 몸을 일으켜 세웠다. 그리고는 집무실 책상 뒤로 있는 거대한 창으로 다가가 성 밖의 상황을 바라봤다.

대낮처럼 밝은 불빛이 사방을 밝히고 있었다.

"저, 저놈들이⋯⋯."

그가 창밖을 확인하자 바로 집무실의 문이 열리면서 몇 명의 기사와 귀족들이 들어왔다.

"가, 각하."

그들이 들어오자 예이츠 백작은 책상에 놓여 있던 헬름을 집어 들며 그대로 집무실을 벗어났다.

"따라오라!"

"명!"

그리고 그가 향한 곳은 바로 성벽이었다. 그가 고루하고 아집에 가득 찬 귀족이기는 하나 지금 이 순간 자신이 어디 있어야 하는지에 대해서는 너무나도 잘 알고 있었다.

"으음⋯⋯."

예이츠 백작은 성 밖을 대낮처럼 밝히고 있는 나파즈 왕국의 병력을 보고 침음을 흘릴 수밖에 없었다. 설마 야간 전투를 할 줄은 몰랐다. 어떤 면에서 보면 나파즈 왕국의 귀족이나 기사들은 카테인 왕국의 그들보다 더 고루한 면이 있는데 말이다.

하지만 예이츠 백작이 어떤 원인에 대한 결과를 도출해 내기도 전에 나파즈 왕국의 병력들은 득달같이 공격을 시작했다.

"공격하라!"

"진겨억! 진격하라!"

"우와아아!"

"마, 막아라! 죽기로 싸우란 말이다!"

공성 장비를 총동원하여 공격하는 병력과 거대한 석성에 기대어 방어하는 병력. 한 치 앞도 보기 어려운 지독한 어둠 속에서 화광이 충천하고 비명 소리와 병장기의 날카로운 소리가 산자의 귀를 괴롭히고 있었다.

"타올라라, 마나의 힘이여! 모여들어 그 모습을 드러내라! 뜨거운 불꽃, 파이어볼(Fire Ball)!"

"마나의 힘이여 적을 묶어라! 바인드(Bind)!"

콰가가강!

"크하아악!"

"마, 마법이다!"

"피, 피해!"

크릭 성 위의 보도는 이미 난장판이었다. 비단 성 위의 보도뿐만 아니었다. 성내에는 연신 커다란 바윗덩어리가 쏟아졌고, 그 위로 화살과 함께 불덩이가 작렬했다.

"가, 각하! 피하십시오."

"피하기는 어딜 피한다는 것인가? 그건 그렇고 포슈 남작은 어디 있나?"

"아? 그……."

예이츠 백작의 물음에 부관은 당황해서 말을 얼버무리고 있었다. 분명 참모장이 된 포슈 남작은 예이츠 백작의 지근거리에서 벗어나지 말았어야 했다. 그런데 포슈 남작은 보이지 않고 있었다.

"겨, 경황 중이라 파악치 못했습니다."

"찾아오도록."

"명!"

예이츠 백작의 명을 받은 부관은 곧바로 신형을 돌려세웠다. 그런 부관을 바라보며 예이츠 백작은 불길한 감각이 가슴을 짓누르는 것 같았다.

'설마… 아니겠지.'

머리를 저었다.

콰아아앙!

"우욱!"

그 순간 거대한 바윗덩어리가 예이츠 백작으로부터 얼마 떨어지지 않은 곳에 직격하며 그 충격에 잠시 몸을 가누지 못한 예이츠 백작이었다.

"각하! 괜찮으십니까?"

"난 괜찮다. 적을 막아라!"

"하지만."

"어서!"

그의 말에 그를 부축한 기사가 병사들을 독려하기 위해 자리를 이탈했다. 예이츠 백작은 전장을 바라봤다. 상황은 참으로 암울했다. 수없이 깔린 나파즈 왕국군. 그들은 영악하게 가장 먼저 공성 장비를 박살 냈다.

어떻게 공성 장비의 위치를 알았는지 모를 일이었으나, 그들이 가장 먼저 바윗덩어리와 마법을 집중시킨 곳이 바로 공성 장비가 있는 장소로 열 기의 노포(Ballista)가 순식간에 박살 나버렸다.

저들이 근접하기 전까지 성에서 할 수 있는 것은 그저 화살을 날리는 것뿐이었다. 하지만 저들은 이미 화살에 대한 방비까지 완벽하게 하고 있었다. 마치 거북 등처럼 다닥다닥 붙어 있는 병사들의 파비스와 성문을 열기 위한 공성추. 그리고 철갑을 두른 공성탑이었다.

전투가 시작된 지 불과 한 시간도 지나지 않았건만 상황은 점점 더 절망적으로 변해가고 있었다. 게다가 참모장을 찾으러 보냈던 부관마저 감감 무소식이었다. 아마도 찾는 도중 적의 화살이나 마법, 혹은 바윗덩어리에 의해 죽었을 가능성이 높았다.

"애초에 상대가 안 됐었군……."

전투 상황을 지켜보며 예이츠 백작은 허망하게 입을 열었다. 상대가 되지 않았다. 그리고 애초에 병력을 분산하는 것이 아니었다. 아무리 철의 장벽이라고 하지만 적은 병력을 분산시키면 안 되는 것이었으며, 석성을 너무 믿어서는 안 되는 것이었다.

석성이라는 것은 절대 함락하기 쉬운 성이 아니었다. 하지만 그것은 절대적인 변수가 없었을 때의 이야기였다.

몇 배나 되는 병력과 마법이라는 변수는 결코 석성이라 해서 견딜 수 있는 것이 아님을 깨닫지 못했다.

그리고 상대방은 자신들을 철저하게 연구했다. 허점을 간파하고 하나하나를 엉킨 실타래를 풀 듯 풀어나가고 있었다.

야간 공격도 그러했다. 그 누가 야간 공격을 할 줄 알았겠는가? 그들은 주간에 공격을 염려해 신경을 곤두세우고 있었지만 전혀 공격할 의사가 없는 나파즈 왕국군은 편히 쉬었을 것이다.

게다가 월등한 병력이라니. 이미 기세를 비롯한 모든 면에서 지고 들어가고 있는 것이었다. 버티는 것도 한계가 있을 것이다.

"…버지! 아버지!"

"아!"

누군가 자신을 거칠게 흔들자 그제야 상념에서 벗어나는 예이츠 백작이었다. 그는 벗어두었던 헬름을 뒤집어쓰며 외쳤다.

"기사단을 준비시켜라."

"설마!"

"안 됩니다!"

첫째 아들인 키슬링과 둘째 아들인 조나단이었다. 그들의 풀 플레이트 메일이 거뭇거뭇하고, 군데군데 검붉은 핏물과 움푹 들어간 자국이 나 있는 것이 이쪽 방면을 제외한 세 방면에서는 이미 적병이 성벽을 넘은 것 같았다.

"이미 적은 퇴로를 허용치 않았다. 하면 방법은 하나이지 않겠느냐?"

"비밀 통로로……."

"저들이 그것을 모를 것 같더냐?"

"그……."

예이츠 백작의 말에 두 아들은 할 말을 잃었다. 이곳은 수백 년간 나파즈 왕국과의 전투가 있어온 지역이었다. 비록 최근 백 년간은 이렇다 할 전투가 없었지만 그 이전에 이 성에서 살아 돌아간 병력이나 혹은 포로를 잡은 이들을 심문했다면 비밀 통로쯤을 파악치 못할 리가 없을 것이다.

"함께… 하겠습니다."

그런 두 아들을 보며 작게 고개를 끄덕이는 예이츠 백작이었다. 자신의 잘못으로 자신의 가문과 왕국의 영토를 내준다는 자괴감에 두 아들의 참전을 허락하는 그의 얼굴을 결코 밝지 않았다.

"마리오는?"

"……."

첫째인 키슬링은 아버지의 눈을 외면했고, 둘째인 조나단은 침울하게 고개를 저었다. 그에 예이츠 백작은 나직하게 한숨을 내쉬며 검게 물든 야공을 올려다보았다. 두 명이라도 살아 있으면 그것으로 된 것이었다.

아마도 이 전투가 끝날 때쯤이면 자신과 자신을 따르는 저 두 자식마저 이 세상에 남아 있지 않을지도 몰랐다. 아주 조금은 후회가 밀려들어 왔다. 그때 그들의 제안을 거절치 않고 받아들였으면 어땠을까 하는 그런 후회 말이다.

"성문으로 간다."

하지만 돌이킬 수 없었다. 시간은 이미 흘렀고, 자신의 후회는 과거로 남았을 뿐이다.

지금은 현실을 매진할 때였다. 살아남기 위해서 말이다. 명예니 귀족의 자존심이니 그런 말은 다 헛말이었다.

당해보지 않은 자만이 귀족의 명예를 귀족의 자존심을 들먹인다. 최근의 예로 자신에게 저들과 싸우라고 그렇게 목청을 높여 외치던 포슈 남작은 지금 이 자리에 없었다.

아마도 도망을 갔거나 최악의 경우 적에게 항복했을지도 모를 일이었다.

'어리석었구나. 어리석었어. 허영과 자만이 가득한 도리안 예이츠여. 그 허영과 자만이 너와 너의 가족, 그리고 너를 믿는 모든 이들을 무덤으로 끌고 가는구나.'

그는 자신의 어리석음을 한탄하고 또 한탄했다.

"추웅!"

죽음이 가까움에도 아직도 그에게 충성을 다하는 이들이 있었다. 바로 자신의 기사들이었다. 왼쪽 가슴 어림에 푸른색으로 선명하게 그려진 문양이 보였다. 교차된 검을 수호하는 방패의 문양.

"준비되었는가?"

"추웅!"

"죽을 준비가 되었는가 말이다!"

"추웅!"

도열해 있는 1백여 명의 기사와 조금이라도 시간을 벌기 위해 자원한 5백가량의 경기병. 3백에 가까운 기사단이었지만 지금은 겨우 1백여 명만 남았을 뿐이었다.

"성문을 내려라!"

그그그극!

아직은 공성추가 도달하지 않았는지 튼튼하고 육중한 성문이 기이한 마찰음을 내며 열리기 시작했다. 성 밖이 서서히 보이기 시작했다. 그리고 완벽하게 성문이 열렸을 때, 어둠 속에서도 확연하게 느낄 수 있는 살기가 훅 밀려들어 왔다.

예이츠 백작은 검을 꺼내 들고 외쳤다.

"전구운! 진겨억!"

예이츠 백작이 선두에 서고 살아남은 두 아들이 그 뒤에 섰다. 그리고 그들은 검을 빼들고 수많은 나파즈 왕국군이 있는 곳으로 진격해 들어갔다. 이 길을 감에 살아남을 수 있다고는 생각지 않았다.

그들은 죽기 위해 달렸다.

"죽여랏!"

"막아!"

"적장이다! 적장을 잡는 자에게 크나큰 포상이 있을 것이다!"

"우와아아!"

성문이 열리고 뛰쳐나오는 1백여 기의 기사와 그 뒤를 잇는 경장 기병들. 나파즈 왕국의 기사들과 귀족들은 그들을 어리석다 여겼다.

성벽에 기댄다면 조금이라도 더 오래 목숨 줄을 연명할 수 있을 터인데 그들은 그것을 마다하고 성문을 뛰쳐나오다니.

상대가 적들의 수뇌부란 것은 크릭 성 성주의 인장기만 보고도 알 수 있었다. 사방을 에워싸고 들이치던 나파즈 왕국의 병사들이 일순 남문으로 몰렸다.

힘들게 성벽을 기어오를 필요 없었다. 성문은 열렸고 다시 닫히지 않았다. 적장은 밖으로 나왔으니 그를 잡고 성문으로 당당하게 들어가면 그뿐이니까. 그 덕분에 북쪽의 포위가 헐거워졌고, 크릭 성에 있던 비전투 인력은 북문으로 내달리고 있었다.

어쩌면 이것은 나파즈 왕국의 사령관이 원했던 것인지도 모른다. 쥐도 궁지에 몰리면 고양이를 무는 법이다. 옥쇄를 각오한다면 피해가 커질 뿐. 결국 적당한 시기에 적장이 뛰쳐나왔으니 포위망을 헐겁게 하고 적당히 살 길을 마련해 주는 것이었다.

"어떤가? 벨롭 자작. 해볼 만하지 않겠나?"

전장을 지켜보며 나파즈 왕국의 말론 백작이 무심하게 입을 열었다.

"어떻게 하면 되겠습니까?"

그러자 마치 늑대의 으르렁거리는 듯한 소리가 들려왔다. 말론 백작의 옆. 거대한 체구의 검은색과 붉은색이 절묘하게 어울리는 풀 플레이트 메일을 입고 양옆으로 마치 악마처럼 긴 뿔이 달린 헬름을 착용한 자가 모습을 드러냈다.

그저 보기만 해도 압도적인 전율을 느끼게 하는 자였다. 아니 전율감이라기보다는 죽음의 냄새가 물씬 풍겨나는 그런 존재감이었다.

"죽이지만 않으면 돼."

"큭큭. 좋군요."

그 말과 함께 벨롭 자작은 말을 몰아 전장으로 향했다. 그가 일직선으로 향하는 곳은 바로 예이츠 백작이 있는 곳으로 그가 말을 몰자 나파즈 왕국군이 바다가 갈라지듯 좌우로 갈라졌다.

"어딜……."

콰아악!

한 명의 기사가 그의 길을 막아섰다. 하나, 무거운 할버드를 그저 나뭇가지 휘두르듯 저어 기사의 목을 베어내는 벨롭 자작.

그의 얼굴에 기사의 핏물이 튀었다. 그는 그 핏물에 아랑곳하지 않았다.

아니 오히려 지금 상황이 아주 즐겁다는 듯이 입으로 흘러내리는 핏물을 혀로 핥으며 연신 주변을 훑었다. 마치 먹잇감을 노리는 포식자처럼 말이다. 그리고 그의 뒤를 따르는 오십여 명의 병력 역시 마찬가지였다.

그들의 복장은 한결같았다. 벨롭 자작과 똑같은 풀 플레이트 메일. 다른 것이 있다면 헬름에 솟아난 뿔이 확연할 정도로 작다는 것뿐이었다. 그들은 닥치는 대로 파괴했다. 그것이 방패든 사람이든 혹은 말이든 상관없이 말이다.

"우와악!"

여러 명의 기사가 벨롭 자작을 막아섰다. 벨롭 자작은 그제야 마음에 든다는 듯이 흰 이를 드러내며 날카롭게 웃음을 떠올렸다.

"그래, 그래야지."

날아오는 마상 장검을 슬쩍 흘리며 할버드를 그었다.

차가각!

그때 등 뒤에서 충격이 전해졌다. 자신과 비슷한 체구에 할버드를 든 기사가 그의 등을 가격한 것이었다. 하지만 벨롭 자작은 웃을 뿐이었다. 살아 있음을 느꼈기 때문이었다.

진득하고 비릿한 피 냄새와 귀청을 떠나갈 듯 외쳐지는 악다구니가 심장의 피를 펄떡펄떡하게 뛰게 했다.

"크하하하학!"

그에게서 가학적인 웃음이 터져 나왔다.

"미친……."

아무리 풀 플레이트 메일로 전신을 감쌌다고 해도 있는 힘껏 내려친 할버드의 공격에서 전해지는 충격과 고통은 결코 작지 않을 것이었다. 일반인이라면 그 충격에 피를 토하거나 뼈가 부러졌어도 몇 개는 부러졌을 것이다.

그런데 그 충격에 거칠게 웃었다. 마치 미친놈처럼. 그 와중에 벨룹 자작은 어느새 할버드를 원추처럼 활용해 자신의 등 뒤를 가격한 기사를 아래에서 위로 그어 올리고 있었다. 상대방의 이상 행태에 잠시 정신을 놓았던 기사는 위급함을 알고 가진 바 할버드를 활용해 상대의 할버드를 빗겨 흘리려 했다.

하나!

콰드드득!

상대 기사는 자신을 후려치는 것이 아니라 자신이 탄 말을 후려치고 있었다.

히히이이잉!

말이 구슬픈 소리를 내며 부웅 떠올랐다.

쭈와아악!

말의 목에서부터 정수리까지 일직선으로 갈라지며 걸쭉한 핏물이 기사의 전신을 적셨다. 대경한 기사는 말고삐를 놓고 안장을 차올려 말에서 벗어나려 했다.

"목은 놓고 가야지."

쿠후욱!

정수리로부터 거친 풍압이 느껴졌다. 기사는 본능적으로

할버드를 들어 막아갔다.

가가각! 퍼걱!

할버드의 창대가 날카롭게 잘려 나갔다. 그리고 일순의 망설임조차도 없이 내려치는 할버드의 날이 기사의 정수를 뚫고 지나갔다. 벨롭 자작은 거기서 멈추지 않았다.

"우와아아악!"

거친 포효를 하며 할버드의 도끼날에 죽은 기사의 시체를 걸어 그대로 던져 버렸다. 그에 그를 향해 쇄도하던 서너 명의 기사는 급급하게 말머리를 돌려 회피를 시도했다.

하나, 그것은 벨롭 자작이 바라던 바였다.

"크하하학!"

할버드가 일직선으로 찔러들어 갔고, 기사의 심장을 관통했다. 아주 잠깐 부들부들 떨던 기사는 이내 절명하고 말았다. 벨롭 자작은 그런 기사를 마치 쓰레기 버리듯 발로 차 떨궜다.

"이, 이노오옴!"

그때 그의 귀에 노호성이 들려왔으니 그는 다름 아닌 예이츠 백작이었다.

쉬아아악!

카앙! 카앙! 카라라랑! 콰드드득!

말은 필요 없었다. 그저 죽일 듯 덤벼들 뿐이었다. 그런 예이츠 백작의 기세에 오히려 환영한다는 듯이 진득한 미소를 떠올리는 벨롭 자작.

분명 그는 예이츠 백작의 끊임없는 공세에 연신 수세에 몰리고 있었다.

하지만 그는 오히려 여유로웠다. 강력한 예이츠 백작의 공격에 손아귀가 터져 핏물이 할버드의 창대에 스며들었음에도 불구하고 오히려 그것을 즐기는 듯한 표정일 지어보였다.

"네놈은 진정 몬스터와 다를 바 없구나."

"크하하! 몬스터! 바로 그거다. 나는 몬스터다!"

스스로를 몬스터라 인정하고 몬스터라 불리기를 주저하지 않는 자. 그에 예이츠 백작은 눈살을 찌푸릴 수밖에 없었다.

이런 자는 상대하기 어려웠다. 기사도 귀족도 아니었다. 그저 피에 굶주린 한 마리의 몬스터일 뿐.

"오냐! 이놈! 어디 죽어 봐라!"

말고삐를 놓고 두 자루의 마상 장검으로 미친 듯이 휘두르는 예이츠 백작. 변방을 지키는 귀족으로서 그 가진 바 무력이 결코 낮지 않은 예이츠 백작이었다. 그러하기에 기사들은 그를 배신하지 않고 그를 따른다.

"크하하하! 좋구나."

한 번, 두 번, 열 번… 종내에는 헤아릴 수조차 없을 정도로 서로를 향해 검과 할버드를 휘두르며 공세와 방어를 취하는 그 둘이었다. 그 둘의 기세가 어찌나 흉흉한지 그들의 주변으로는 아무도 접근하지 않았다.

한마디로 백중세였다.

노련함의 예이츠 백작. 무식할 정도로 과격한 벨롭 자작. 하지만 아무리 예이츠 백작이 노련하다 할지라도 같은 경지의 기사라면 결국 체력전이라 할 수 있었다. 점점 지쳐 가는 예이츠 백작에 반해 벨롭 자작은 아직도 쌩쌩했다.

"크하하. 늙은이! 벌써 지친 것인가? 그 호기롭던 기세는 다 어디 간 것이냐? 덤벼라! 덤벼! 더욱더 강하게! 더 강하게 오란 말이다. 크하하하학!"

미쳤다. 마치 유리알처럼 눈을 반짝이는 벨롭 자작. 그것은 광기였다.

콰아앙! 쾅!

벨롭 자작은 마치 세상을 쪼개 버리겠다는 듯이 위에서 아래로 연신 할버드를 내려쳤다. 단순한 동작이었으나 그 단순함에 깃들어 있는 거력은 체력적으로 한계에 다다른 예이츠 백작이 견뎌내기에는 결코 쉽지 않은 일이었다.

"큽!"

손아귀에 피가 터져 나왔다. 더 이상 견디기 힘들었다.

피식!

순간 밑도 끝도 없이 실없는 웃음이 흘러나왔다. 당장에 죽

을 것 같은 상황임에도 불구하고 어처구니없게 메마른 웃음
이 터져 나왔다. 그런 그의 모습에 벨롭 자작의 얼굴이 찡그
려졌다.

'웃어?'

기분이 최악으로 구겨졌다. 애원을 해도 모자랄 판국에 웃
음을 짓고 있었다. 그에 벨롭 자작 역시 따라 웃었다. 그의 웃
음에는 진득한 살의가 담겨져 있었다. 상대를 갈갈히 찢어죽
이겠다는 광폭한 살기 말이다.

"죽어라!"

크게 외치지도 않았다. 그런데 벨롭 자작의 입에서 나오자
이제는 진짜 죽는구나 하는 생각이 들었다. 예이츠 백작은 자
신의 머리 위로 떨어져 내리는 할버드를 멍하게 바라보았다.
막을 수 있을 것 같은데 손이 움직이지 않았다.

예이츠 백작은 입을 다물고 눈을 감았다. 이 세상에서 마지
막인 듯싶었다.

그리고 그 순간.

카아아앙!

그의 전신을 바르르 떨게 하는 날카로운 부딪침이 귀
청을 찢었다.

"누구냐!"

순간 벨롭 자작은 자신의 손아귀를 타고 울리는 시큰한 충

격에 거칠게 외쳤다. 그가 자신의 할버드를 막아선 자를 바라 보았다. 그자는 말조차 타고 있지 않았다. 하지만 말이 없음 에도 불구하고 말을 타고 있는 자신과 비슷한 눈높이를 하고 있었다.

"카이론 에라크루네스."

"뭐?"

"귀찮군."

저벅저벅.

그 말뿐이었다. 그리고 조용하게 걸음을 옮겼다.

그런데 그 한 걸음씩 다가올 때마다 벨롭 자작의 전신이 아 우성을 쳤다. 포식자였던 자신이 어느새 피식자가 된 그런 느 낌. 죽음의 사자가 성큼 자신에게 다가오는 것 같은 그런 느 낌.

그것은 두려움이었다. 그것을 느낀 벨롭 자작의 얼굴이 기 묘하게 일그러졌다. 두려움이라니… 있을 수 없는 일이었다. 자신이 두려움을 느끼다니 말이다.

딱, 따닥! 따다닥! 딱!

하지만 그의 몸은 그의 의지와는 다르게 자신을 향해 다가 오고 있는 자의 걸음걸이에 반응하고 있었다.

이빨이 부딪혔다. 마치 지극히 추운 곳에서 실 한 오라기조 차 걸치지 않고 냉동되어 가는 것처럼 말이다.

꾸욱!

"우와아악!"

그에 벨롭 자작은 발악을 했다. 있을 수 없는 현실을 깨뜨리기 위해 발악을 했다. 거대하고 육중한 할버드가 카이론을 향해 내려쳐졌다. 카이론은 느릿하게 언월도를 들었다. 그리고 쭈욱 뻗어냈다.

까앙!

카이론의 언월도의 도첨은 벨롭 자작이 지닌 할버드의 도끼날 부분에 정확하게 맞닿아 있었다.

끼기기긱!

벨롭 자작은 이 믿을 수 없는 현상에 얼굴을 붉혔다. 그리고 한 손이 아닌 두 손으로 할버드를 잡아 위에 아래로 내리눌렀다. 하지만 카이론의 도첨은 전혀 밀리지 않았다. 한 손으로 들고 있음에도 불구하고 말이다.

스윽!

카이론이 언월도를 앞으로 밀었다.

"그극!"

밀렸다.

두 손으로 위에서 아래로 있는 힘껏 내리누르고 있는 벨롭 자작의 할버드가 밀렸다.

푸르르릉. 투둑!

그와 함께 벨롭 자작의 말 역시 거칠게 투레질을 하며 뒷걸음질 치기 시작했다. 전마는 뒷걸음질 치는 법이 없다. 무섭더라도 앞으로 나아간다. 죽더라도 앞으로 나아간다. 그렇게 훈련을 받았으니까. 그래서 전마이니까.

하지만 그런 전마가 뒷걸음질 치고 있었다. 앞으로 나아가지 못하고 뒤로 물러나며 연신 투레질을 해댔다.

"끄으~ 아아악!"

할버드를 잡고 내리누르는 벨롭 자작의 손아귀에 굵은 핏줄이 돋아나기 시작했다. 손아귀는 하얗게 변해가기 시작했다.

찌억!

그리고 종내에는 그 압력을 견디지 못해 손아귀가 찢어져 핏물이 흘러나왔다. 하지만 벨롭 자작은 멈출 기미가 보이지 않았다.

'물러설 수 없다. 나는 물러서지 않는다!'

벨롭 자작은 스스로 다독이고 있었다. 이 상황을 벗어나야 한다고. 이 고통, 이 공포를 벗어나야 한다고. 하지만 벗어날 수 없었다. 그의 눈동자에 실핏줄이 터져 눈동자가 붉게 물들어갔다.

세상이 붉게 물들어가는 것 같았다.

뿌드득!

가려지지 않은 헬름 속으로 어금니를 가는 소리가 새어 나

왔다. 어쩌나 어금니를 악 물었는지 그의 입가는 가늘게 핏물
이 흘러내리고 있었다.

"죽어라!"

스팟!

"큭!"

한 줄기의 빛이 벨롭 자작의 목을 관통했다. 피가 나도록
어금니를 앙다물고 있던 벨롭 자작의 입이 떡 벌어졌다.

확실한 의지를 드러내 보이던 피로 물든 그의 눈동자가 일
순 공허하게 변했다.

서걱!

또 한 차례의 날카로운 소리가 들려왔고, 벨롭 자작의 목이
느릿하게 떨어져 내렸다.

카이론은 바닥에 떨어진 벨롭 자작의 목을 언월도로 찍고
벨롭 자작이 타고 있던 말을 톡톡 쓰다듬더니 이내 그 말에
올라탔다.

그리고 벨롭 자작의 목을 들어 올리며 외쳤다.

"예니체리!"

그와 함께 어두운 밤하늘에 붉은 화염의 원 수십 개가 생겨
났다.

그리고 떨어져 내렸다.

쿠와아앙!

그 화염의 원이 떨어져 내린 곳은 바로 대기하고 있던 나파즈 왕국의 병력 한가운데였다.

"크아아악!"

"피, 피해랏!"

단 한순간에 아수라장이 되어버렸다. 압도적으로 밀어붙이던 나파즈 왕국의 병사들. 그중 수백이 순식간에 불덩이로 화한 것이었다. 그와 동시에 나파즈 왕국의 후방 세 방향에서 일제히 우레와 같은 함성이 들려왔다.

"우와아아아!"

어둠 속에서 삼면에서 외쳐지는 거대한 함성은 나파즈 왕국군으로 하여금 전의를 상실케 하기에 충분했다. 그것은 귀족들이나 혹은 기사들도 마찬가지였다. 대낮처럼 밝게 횃불을 밝혔다고 하지만 달빛도 없는 칠흑 같은 밤.

넓게 펼쳐진 전장에서 적의 수효를 파악하기란 쉽지 않았음이었다. 그리고 그것은 곧바로 카테인 왕국군에게는 절대적은 사기를 불어 넣고 있었다.

"원군이다!"

"싸워라! 맞서 싸워라!"

"돌겨억! 돌격하라!"

카테인 왕국군은 용기백배하여 전장으로 뛰어들었고, 나파즈 왕국군은 우왕좌왕하기 시작했다.

반전이 이어지는 전장. 그 속에는 방금 베어낸 적장의 목을 들어 올린 카이론이 말을 탄 채 오연히 버티고 서 있었다.

"너, 너는……."

그때 겨우 정신을 차린 예이츠 백작. 그의 눈동자는 찢어질 듯 부릅떠지고 있었다. 자신의 앞에 오연하게 자신을 내려다 보고 있는 자. 그는 연합을 원했던 자이니까. 그리고 자신은 그러한 제의를 단칼에 내쳤으니 말이다.

"겨우 이런 꼴을 보이기 위해서였나?"

카이론의 말에 예이츠 백작은 얼굴을 일그러뜨릴 수밖에 없었다.

그는 어떠한 말로서도 당면한 현실에 대한 책임을 면할 수 없다는 것을 알았다. 그러하기에 그저 얼굴을 일그러뜨릴 뿐. 다만, 그의 주변에 있던 수하들은 아니었던 듯했다.

"뭐, 뭐라고? 네놈이 감히……."

"새끼야. 어른이 이야기하는 데 끼어드는 거 아니다."

퍽!

"크흑! 가, 감히……."

"이 새끼 아직도 정신 못 차렸네? 너 어디 비 오는 날 먼지 나도록 맞아볼래?"

"그……."

기사의 반발에 다시 주먹을 들어 올리는 키튼이었다. 그에 기사는 입을 다물었다.

자존심이 상하지만 지금 자신의 앞에서 자신을 애 다루듯 하는 자는 분명 자신보다 더 대단한 자일 듯싶었기 때문이었다.

그런 기사를 보며 키튼은 씨익 웃음을 떠올렸다.

"니가 엄마 뱃속에서 기어나올 때 전장의 핏물 구덩이에서 식사했던 나야, 새끼야! 그런 고로 감히라는 말은 내가 너한테 써야 한다는 거지. 알았으면 찌그러져 있어라."

그러면서 주변을 쓸어 보았다. 여기 있는 누구도 그 기세를 감당할 수 없었기에 기사들과 귀족들은 그저 불쾌한 얼굴을 할 뿐. 더 이상 어떤 토도 달지 않았다. 그들이 조용해지자 카이론이 다시 입을 열었다.

"죽고 싶다면 여기서 죽여주겠다. 이곳은 전장이니까."

이것은 예이츠 백작에게만 한 말이 아니었다. 여기 있는 모든 이들에게 한 말이었다. 그들은 기세에 있어서 완벽하게 카이론에게 제압당하고 있었다.

"따르겠는가? 죽겠는가?"

카이론은 예이츠 백작의 눈동자를 깊숙하게 응시하며 물었다. 예이츠 백작은 카이론의 시선을 받으며 수십 번 얼굴 표정이 변했고, 마치 지진이라도 난 듯 눈동자가 흔들리기를 거듭했다.

"끄으응!"

그리고 마침내 앓는 소리를 내며 검을 바닥을 찍고 몸을 일으켜 세웠다.

"크리크의 도리안 예이츠. 카이론 에라크루네스 사령관에게 목숨을 다할 것을 맹세합니다."

"가, 각하!"

"아버지!"

생각지도 못한 그의 맹세였다. 그러한 예이츠 백작을 내려다보던 카이론은 말없이 고개를 끄덕였다. 그가 야집에 가득 찬 귀족이기는 하지만 그의 말 속에는 진정성을 담겨 있었다. 예이츠 백작은 온전하게 홀로 서 자신을 바라보는 이들을 둘러보았다.

"우리는 귀족이자 기사이지. 위로는 주군에 충성하고 아래로는 영지민을 평안케 하여 외세로부터 아국을 지켜야 하는 의무가 있다. 하나 우리는 어떠했는가? 그 의무에 충실했는가? 아니면 개인적인 욕심과 공명심을 앞세우지 않았는가?"

"그……."

"끄응."

할 말이 없었다. 애초에 저들의 제안을 거부하고자 한 목소리를 냈던 이유가 있었다.

저들이 이 전투에 끼어들어 공을 세운다면 자신들이 설 자리가 없었기 때문이었다. 그래서 지금은 그 종적조차 찾아 볼 수 없는 포슈 남작의 의견에 동참한 것이니까 말이다.

"본 작은… 진정한 가신을 쳐냈고, 간신의 말을 들어 이렇게 되었다. 전투가 시작되었을 때 포슈 남작을 본 자가 있는가? 그는 한 목숨을 지키기 위해 모습을 감췄지. 귀족으로서 치욕스럽기 그지없었음이다."

"……."

누가 뭐라 할 것인가? 그들도 그에게 농락당했는데 말이다. 간사한 세 치 혀에 농락당해 결국 이렇게 무력하게 당하고만 있는 것 아니겠는가? 참담하고 처참했다.

"그런데 말이다. 내 앞의 카이론 에라크루네스 사령관은 나에게 치욕을 당했음에도 불구하고 다시 이 자리에 섰다. 그것이 진정 왕국이나 영지민을 위해서든 아니면 사사로운 욕심이 되었든 말이다. 경들은 그럴 수 있는가?"

예이츠 백작의 말에 다들 고개를 숙일 수밖에 없었다. 갑자기 부끄러워졌다.

자신들이라면 그럴 수 있었겠는가? 답은 '아니다'였다. 왜냐하면 지금 카이론이 이끈 병력은 얼마 되지 않았기 때문이었다.

크릭 성의 1만이라는 병력과 함께한다 해도 겨우 2만. 다섯 배가 넘는 적들을 향해 돌격할 수 있는 담력이 과연 있을 것인가 말이다. 전투의 최종 목적은 승리다. 그리고 승리의 최종 목적은 자신이 살아야 한다는 것이다.

누가 보더라도 뻔히 죽을 자리라는 것을 알고 뛰어들겠는가? 그런 용기와 담력은 자신들에게는 없었다. 그리고 그런 명령을 아무렇지도 않게 수행할 수 있는 병사들이나 기사들도 없었다.

"이만하면 이 도리안 예이츠의 주군이 될 만하지 않는가?"

그것이 결정타였다. 그러한 이들을 바라본 카이론이 나직하게 입을 열었다.

"전군! 진격하라!"

크지 않은 목소리였다. 하지만 그 어떤 울림보다도 더 큰 울림이 되어 그들의 뇌리와 심장을 강타했다.

그들은 방패를 다시 잡고, 손에 쥐어진 검을 꽉 움켜쥐었다. 그리고 그들은 자신의 말을 잡아타고 말의 배를 거칠게 박찼다.

"햐아아!"

"크흐흐흐."

그들은 가슴 속에 무언가를 꺼내듯이 기이한 웃음과 거친 외침을 외치며 전장 속으로 짓쳐들어 갔다.

무언가 묵직하게 짓누르고 있던 것을 파괴함에 새장 속에 갇혀 있던 그들의 본 모습을 찾아낼 수 있었다.

변한 그들의 기세는 무서웠다. 가까이 다가가기도 전에 나파즈 왕국의 병사들은 그 기세에 지레 겁을 먹을 정도였으니 말이다.

"벼, 별거 아니다! 마지막 발악일 뿐이다!"

"공겨억! 공격하라!"

"물러서지 마라! 물러서는 자는 내 검에 먼저 죽임을 당할 것이다!"

전장은 혼란이 가중되고 있었다. 그리고 그것을 바라보는 나파즈 왕국의 말론 백작은 얼굴이 새하얗게 질리며 눈이 튀어나올 듯 부릅뜰 수밖에 없었다.

"저, 저……."

믿을 수 없는 일이 일어났다. 믿었던 벨롭 자작이 단칼에 죽임을 당한 것이었다. 그리고 사방에서 울려 퍼지는 카테인 왕국군의 함성은 순간적으로 말론 백작의 정신을 혼미하게 만들기에 충분했다.

"…각하! 사령관 각하!"

"어? 아!"

"명을 내려주시길."

"후읍. 후우!"

자신을 일깨우는 코헨 군사장의 말에 말론 백작은 크게 숨을 들이쉬었다. 그의 곁에는 어느새 프랭크 제스 기사단장이 자리하고 있었다. 말론 백작은 자신의 실추된 모습에 얼굴을 딱딱하게 굳히며 물었다.

"적의 병력은 어떻게 되는가?"

"아직 전투 중이라 정확하게 파악할 수 없습니다."

"대략적으로……."

"적들은 저희를 포위한 형국이지만 들어온 정보대로라면 그리 많은 수의 병력은 아닐 것을 판단됩니다."

"불행 중 다행이로군. 일단 군을 다시 정비한 후 후방을 급습한 적을 퇴치하도록 하지."

"사령관 각하의 뜻대로 이루어질 것입니다."

말론 백작은 침착했다. 완벽한 계획이었다. 아무리 어그러 진다 해도 일시에 무너질 계획이 아닌 것이었다.

후방을 급습당해 포위된 형국이나 객관적으로 자신들을 압도할 만한 전력은 없었다.

다만, 두려운 것은 적에 대한 정확한 정보가 없다는 것과 제스 기사단장을 제외하고는 가장 강력한 무력으로 꼽히는 벨롭 자작과 그를 따르는 5십여 기사들을 죽인 자였다.

'도대체 누구란 말인가?'

말론 백작은 딱딱하게 굳은 얼굴로 전장을 바라보았다. 전 선은 그대로 유지되고 있었다.

잠시 잠깐 우왕좌왕하며 후미가 크게 밀렸으나 어느새 안정을 되찾은 것처럼 보였다. 그 중심에는 높은 망루에 올라 전장 상황을 일목요연하게 지휘하고 있는 코헨 군사장이 있었다.

망루에 오른 코헨 군사장은 횃불로 전장을 지휘했다. 그러자 전장은 안정되고 다시 회복하는 듯 보였다. 하지만 코헨 군사장의 이마는 펴질 줄 몰랐다. 무슨 이유에서인지 몰라도 조금씩 전장에 균열이 발생하고 있었다.

'서쪽……'

어둠 속에서도 보이는 거대한 체구의 사내가 있었다. 양손으로 휘두르는 거대한 배틀액스에 그 주변의 병사들과 기사들은 수수깡처럼 이리저리 날리며 폭발하듯 갈라지고 있었다.

아니, 그것은 균열 정도가 아니었다.

"크하하하! 예니체리 사단의 특전대대장 불카투스 바엘가르라 한다. 오라!"

쿠와아앙!

거대한 배틀액스로 대지를 찍자 마치 지진이라도 일어난 듯이 땅거죽이 쩍쩍 갈라지며 병사들이 펄쩍 뛰어 올랐다. 그리고 이어지는 또 다른 배틀액스의 궤적.

"크아아악!"

대여섯 병사들의 몸통이 분리되며 핏물이 검은 허공을 수

놓았다.

"이노옴! 죽어라!"

"크흐흐흐!"

기사가 득달같이 달려들어 불카투스를 공격했다. 불카투스는 자신을 향해 쇄도하는 기사의 검쯤은 신경조차 쓰지 않았다.

오러 스트림이나 오러 포스 정도로는 자신에게 어떠한 위해조차 줄 수 없음을 너무도 잘 알고 있는 탓이었다.

투후웅!

기사의 검의 튕겨져 나갔다.

"크흑! 어, 어찌……."

기사는 말을 잊지 못했다. 자신이 공격했음에도 불구하고 오히려 자신의 검이 튕기고 그 속에 담긴 반탄력은 실로 대단하여 내장이 흔들리는 것 같았다. 그에 내상을 당했음인지 기사의 입가에는 가는 핏줄기가 보였다.

그때 기사와 불카투스의 시선이 부딪혔다. 순간 기사는 전신이 얼어붙는 것 같은 착각에 빠져들었다.

'우, 움직일 수 없다.'

그랬다. 움직일 수 없었다. 거대한 배틀액스가 자신의 정수리를 쪼개고 들어오고 있음에도 그저 바라만 볼 뿐이었다.

퍼억!

차아아악!

찍고 베어가는 불카투스의 배틀액스.

"이것뿐이더냐? 진정 이것뿐이라면 여기는 너희들의 무덤이 될 것이다."

불카투스가 거칠게 으르렁거렸다. 비단 그가 있는 곳만이 아니었다. 전장 전체적인 곳에서 균열이 발생하고 있었다. 그리고 그 균열은 이미 코헨 군사장이 어떻게 손을 쓸 수 없을 정도에 이고 있었다.

"어떻게 이럴 수가 있지?"

코헨 군사장은 지금의 전투 상황을 믿을 수가 없었다. 그가 판단하기에 사면을 기습한 적은 얼마 되지 않았다.

전투가 벌어지지 않고 함성만으로 가늠했을 때에는 그 수를 예측할 수 없었으나 이미 전투가 벌어진 상황에서 적들의 수효를 헤아리는 것은 그리 어렵지 않았기 때문이었다.

믿을 수 없는 전력이었다. 기습을 한 적들의 병력은 겨우 1만을 넘을까 말까 하는 병력이었다. 그런데 그 병력에 의해 10만의 병력이 기습당하고, 포위당하고 있다는 느낌을 떨쳐 버릴 수가 없었다.

그리고 코헨 군사장이 그렇게 생각하는 그 중심에는 크릭성의 정문에서 내려오고 일단의 무리가 있었다.

그 수는 적었지만 압도적이라고 할 수밖에 없을 정도의 무지막지한 전투력을 보여주고 있었다.

그는 망루에서 내려갔다. 더 이상 지체할 수 없었기 때문이었다.

"살펴 보았는가?"

"적의 수효는 대략적으로 1만 내외로 판단됩니다."

"어렵지 않겠군."

"물론 그렇습니다만……."

코헨 군사장의 자신없는 말투에 슬쩍 그를 일견하는 말론 백작.

"걸리는 것이 있나?"

"그것이… 1만의 병력이라고 하기에는 그들의 전투력이 너무 뛰어납니다. 지금과 같은 혼전이라면 그들이 유리할 수밖에 없습니다. 그들은 마치 용병과 같이 아군의 혼란을 야기시키고 있으며 전열을 무너뜨리고 있습니다."

코헨 군사장의 말에 말론 백작은 자신도 모르게 고개를 끄덕였다.

망루에 올라 전장 상황을 전체적으로 훑지는 못했으나, 그저 이곳에 앉아만 있어도 어느 정도 그 상황을 느낄 수 있었다.

"방법은?"

"적의 사령관을 잡는 것입니다."

코헨 군사장의 말에 말론 백작의 시선이 전면으로 향했다. 자신을 향해 일직선으로 다가오고 있는 일단의 무리. 겹겹이 둘러싸여 있으나 그들은 그것이 전혀 문제가 되지 않는 것처럼 차근차근 진격해 오고 있었다.

"제스 기사단장."

"명을!"

"기사단을 이끌라!"

"적장의 목을 가져오겠습니다."

1천에 이르는 장미 기사단이 전장을 질주해 나가기 시작했다.

"포로는 없다!"

제스 기사단장의 말에 장미 기사단원들은 거칠 것 없이 움직이며 카테인 왕국의 병사들을 베어갔다. 상대가 되지 않았다. 노도와 같이 밀려드는 장미 기사단. 카테인 왕국의 병사들은 목숨을 부지하기 위해 길을 열 수밖에 없었다.

그들이 말을 달려 전장 깊숙하게 파고드는 것은 그리 오랜 시간이 필요하지 않았다. 걸리는 모든 것을 박살 내며 질주하니 그 누가 그들을 막아낼 것인가? 그들의 모습을 카이론도 보았다.

"부딪힌다!"

"며엉!"

그를 따르는 병력은 적병들을 죽이고 가로챈 말을 갈아타고 혹은 그저 냅다 달려나가며 거칠게 다가오고 있는 장미 기사단을 향해 질주했다. 카이론 역시 말을 달렸다. 그리고 장미 기사단과 어느 정도 거리가 확보되자 말을 박차고 뛰어 올랐다.

뛰어 오름과 동시에 언월도를 꺼내 들었다. 또한, 지금껏 잘 사용하지 않았던 열전도 나노 튜브 블레이드가 스르르 뽑혀져 올랐다.

츄우웅!

두 자로의 나노 튜브 블레이드가 수십 조각으로 분해되며 장미 기사단을 향해 쏘아졌고, 카이론은 10m가 넘은 거리를 단숨에 좁히며 검은 대지 위에 언월도를 찍어내렸다.

콰아아아앙! 쩌적! 쩌저저적! 크르르!

이히히힝!

대지가 갈라졌다. 어둠 속에서도 선명하게 볼 수 있을 정도의 먼지 구름이 피워 올랐고, 먼지 구름 속에서 대지가 갈라지며 일직선으로 가로막는 모든 것을 함몰시키고 있었다.

"이. 이런……."

"무슨……."

"피, 피해랏!"

보무도 당당하게 가로막는 모든 것을 파괴하며 쇄도하던

장미 기사단들의 입에서 당혹스러운 말이 튀어나왔고, 급기야는 우왕좌왕하며 진로를 벗어나기 시작했다.

하지만!

"크아악!"

"컥!"

"끄륵!"

피해가던 기사들이 일순 목을 부여잡고 말 위에서 떨어져 내렸다. 한두 명도 아닌 이십이 넘어가는 숫자였다. 제스 기사단장은 도대체 지금 상황이 어떻게 된 것인지 알 수조차 없었다.

불신에 가득 찬 그가 전면을 바라보았을 때 그는 알 수 있었다. 대지를 찍고 기형의 언월도를 빗겨든 사내의 주변으로 날카로운 빛을 뿌리며 살아 움직이듯 회전하고 있는 무언가를 말이다.

그가 명령을 내리려 했을 때 이미 자신을 따르는 1천의 기사들은 전투에 돌입하고 있었다.

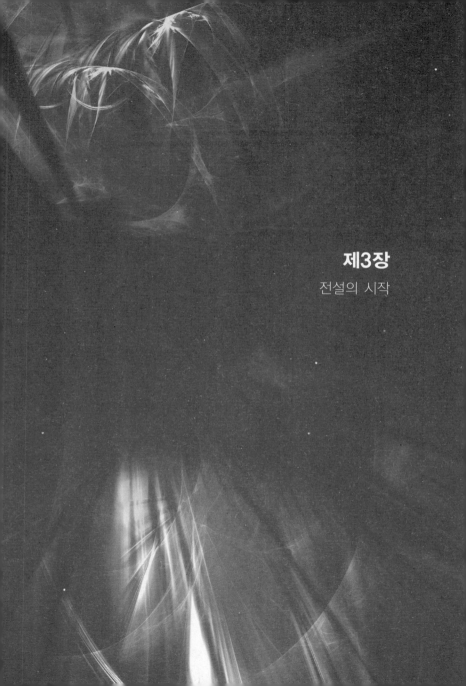

제3장

전설의 시작

Warrior

　제스 기사단장은 침음성을 흘릴 수밖에 없었다.

　전혀 기세가 느껴지지 않았다. 전장과 어울리지 않게 침착하고 차분했다.

　오로지 홀로 존재하는 것처럼 말이다.

　그것이 더 상대가 두렵게 느껴졌다. 그는 자신의 애병이 된 포샤르(글레이브를 개량한 무기)를 꽉 움켜잡았다.

　말이 없이 그저 홀로 서 있음에도 불구하고 말을 탄 자신과 비슷한 신장을 가진 자. 이자가 바로 벨롬 자작을 죽인 자일 것이다.

"죽엇!"

시간을 끌 필요는 없었다. 어차피 죽고 죽이는 전장이고 보면 굳이 예를 다할 필요는 없었다. 거기에 적의 사령관이라면 더욱더 그러했다. 제스 기사단의 포샤르에 노란색의 오러가 시전되었다.

그는 자신했다. 자국에서조차 상급의 기사는 드물었다. 상대가 아무리 대단하다 할지라도 반드시 죽일 수 있을 것이라 판단했다. 벨롭 자작이 강하기는 했으나 그는 중급의 기사. 단지 그 특유의 살기에 의해 상급에 이른 기사들까지 대적해 낼 수 있겠으나 그것이 그의 한계였다.

"흐아압!"

말을 달리며 마치 들판의 밀을 낫으로 베어 넘기듯 쓸어내는 제스 단장. 초반부터 전력을 다한 그의 일격이기에 당연히 성공할 것이라 판단했다. 하나, 그의 생각은 단지 그의 생각일 뿐. 현실은 전혀 다른 방향으로 전개되고 있었다.

스가가각!

글레이브라 보기에는 기형적으로 긴 도신을 가지고 있는 상대방의 무기가 유려하게 움직이며 자신의 포샤르를 살짝 밀어냈다. 그와 동시에 자신의 등 뒤로 차가운 살기가 느껴졌다.

제스 단장은 급하게 머리를 앞으로 숙였다.

쉬아아악!

툭!

머리를 스치고 지나가는 소름 돋는 소리. 그리고 자신의 헬름에 장식된 무언가가 말 아래로 떨어지는 소리까지 들렸다.

'반격해야 한다.'

선수를 놓쳤다. 반격을 해서 수세로 몰린 지금의 상황을 다시 반전시켜야만 했다. 하지만 그는 이내 미친 듯이 몸을 피해야만 했다. 그의 옆구리로 치고 들어오는 싸늘한 감각. 그 감각만으로 허리가 베어질 것 같았다.

등자에서 발을 빼고 쓰러지듯 말에서 벗어난 제스 기사단장.

촤아아악!

히히히히잉!

간발의 차로 비릿한 핏물의 그의 전신을 적셨다. 가족과 같이 아꼈던 애마의 허리가 두 동강 나고 있었다. 믿을 수 없는 현실. 자신이 피하는 그 순간 방향을 바꿔 말을 베어버린 것이었다.

하지만 놀라고만 있을 수는 없었다.

콰아앙!

"크흐읍!"

거센 폭음과 함께 뒤로 주르르륵 밀려나는 제스 기사단장.

"쿨럭!"

내부가 진탕되며 비릿한 핏물을 게워냈다. 제스 기사단장은 포샤르를 고쳐 잡으며 전방을 향해 전투태세를 갖췄다. 거구의 사내가 다가오고 있었다. 전장에 오로지 그 혼자 존재하는 것 같은 무지막지한 존재감이 침음을 삼키게 만들었다.

마치 산책을 하듯 걸어오는 자.

"누구… 냐."

"카이론 에라크루네스."

순간 제스 기사단장은 고개를 갸웃했다. 들어보지 못했다. 웬만한 카테인 왕국의 유력한 귀족이나 군인들을 모르는 이가 없었다. 그러함에도 불구하고도 단 한 번도 들어본 적 없었다.

하지만 들어보지 못했다고 해서 지금의 상황을 벗어날 수 있는 게 아님은 너무도 잘 알고 있었다. 지금 자신의 앞에 있는 자를 죽여야만 이번 작전은 성공할 수 있을 것이기 때문이었다.

"네놈이 기습 부대의 사령관인가?"

"시간을 벌고자 함인가? 기다려 주지."

상대는 자신의 의도를 철저하게 간파하고 있었다. 기다려 준단다. 마다할 이유가 없었다. 제스 단장은 호흡을 가다듬었다. 포션도 마셨다. 일국의 기사로서 적국의 귀족에게 배려를 받은 것은 분명 치욕스러운 일었다.

으득.

제스 단장은 그 치욕스러움을 어금니를 꽉 깨물며 참았다. 승리하면 된다. 이 배려가 얼마나 치명적이었는지 알려주면 된다. 자신은 전장에서 적에게 이런 치욕스러운 배려는 하지 않을 것이다.

하지만 그러기 위해서는 자신에게 치욕을 안겨준 자에게 승리를 거둬야만 했다.

'네놈! 알려주지.'

제스 단장은 카이론을 쏘아보며 몸을 일으켜 세웠다. 그에 카이론은 말에서 내려 전장 위에 두 발을 딛고 섰다.

'크군.'

말 위에 있을 때는 몰랐다. 하지만 말에서 내린 카이론의 체구는 정말 장대했다. 그 또한 기사이기에 체구가 큰 이들을 자주 본다. 하지만 카이론만 한 체구는 정말 보기 어려웠다. 그는 고개를 저었다.

일단 상대의 거대한 체구에 기세가 밀릴 것 같아서였다. 검을 겨눔에 있어서 상대의 체구는 상관없다. 오로지 실력으로만 삶과 죽음의 경계를 벗어날 수 있었다.

"타하앗!"

그리고 상대의 거대한 체구에 움츠러드는 자신을 탓하기

라도 하듯이 혹은 그런 나약한 생각을 떨쳐 버리기라도 하듯이 커다란 함성을 지르며 카이론을 향해 쇄도해 들어가는 제스 단장.

그의 무기는 기본적으로 중병에 장병이었다. 아무리 빠르게 휘두른다 해도 검보다 빠를 수는 없었다. 하지만 그런 것은 익스퍼트 상급의 기사에게는 별 의미 없었다. 속도나 중량쯤은 가볍게 무시할 수 있는 수준이었으니까.

그리고 그것을 마치 증명이라도 하듯이 그의 포샤르는 카이론의 사방에 나타나며 그를 압박해 들어갔다. 아마도 이 모든 것 중 단 하나만이 실체일 것이다. 중병을 마치 검처럼 다루며 환상을 보여주고 눈을 현혹하고 있었다.

하지만 카이론에게는 별무소용이었다. 카이론은 가볍게 언월도를 휘둘러 수많은 허상으로 이루어진 포샤르의 환상 속에서 진실된 포샤르만 막아냈다.

쩌정!

"큭!"

한 번의 충돌로 손아귀에 지독한 통증이 몰려왔다. 약간 따끔거리는 것이 손아귀가 찢어진 듯싶었다. 상급에 오른 이래로 단 한 번도 찢어져 본 적 없는 손아귀였다. 이미 굳은살이 굳을 대로 굳어져 마치 철갑과 같아서 말이다.

그런데 손아귀가 찢어졌다. 평소 같았으면 기분 좋은 느낌이었을지도 몰랐다. 그만큼 자신이 또 성장할 수 있을 것이라는 희망 때문이었다. 하지만 지금은 그런 것을 느낄 새가 없었다. 밀리면 죽는다.

제스 단장은 다시 포샤르를 휘둘렀다.

꽈르릉!

천둥과 같은 소리가 들려오며 카이론을 향해 일직선으로 날카로운 포샤르가 투사되었다. 허상은 없었다. 오로지 단 일격. 모든 힘이 담겨져 있는 일격이었다. 카이론은 언월도를 마주 앞으로 내밀었다.

츄우웅! 쩌저저적!

포샤르의 극점과 언월도의 극점이 부딪혔다. 언월도는 마치 시위라도 하듯이 무시무시하게 포샤르의 극점을 파고들었고, 포샤르는 그 기세를 받아내지 못하고 갈라지고 있었다. 포샤르가 일직선으로 네 등분 되고 있었다.

이 비현실적인 상황에 제스 단장의 눈은 찢어질 듯 부릅떠졌다. 입은 쩍 벌였지만 그의 입에서는 비명 소리조차 흘러나오지 않았다. 포샤르의 극점에서부터 손잡이까지 도달한 시간은 그야말로 찰나의 시간이었다.

촤자자자작!

그 순간 제스 단장은 자신의 전신에서 미약한 통증을 느꼈다. 그저 무시하고 지나칠 정도의 지극히 미약한 통증이었다.

하지만 그는 이 순간 느낄 수 있었다. 지금이 바로 자신의 마지막이라는 것을 말이다.

쩌적!

그의 번쩍이는 풀 플레이트 메일에 실금이 가기 시작했다. 하지만 여느 실금과는 전혀 달랐다. 마치 예리한 칼로 정확하게 재단한 것과 같은 그런 실금. 그 실금이 하나둘 보이더니 이내 무수히 많은 실금으로 번졌고, 종내에는 살아 숨 쉬는 땀구멍처럼 그의 전신을 뒤덮었다.

"애초에 내 상대가 아니었군."

그것이 제스의 마지막 말이었다. 그것을 끝으로 그의 전신은 먼지가 되어 사라졌다. 그가 들고 있던 포샤르 역시 먼지가 되어버렸다. 전투를 하는 와중에도 카이론의 전투를 흘깃거리며 지켜보던 병사들과 기사들은 그 순간 커다란 함성을 질렀다.

"우와아아~"

"죽여! 죽여라!"

무인지경으로 진중을 휩쓸던 적의 기사가 죽었다. 시신조차 제대로 보존하지 못하고 말이다. 그에 용기백배할 수밖에 없었다. 그 순간 2만의 병력이 10만을 밀어붙이기 시작했다. 카이론은 변한 전장을 휘둘러보았다.

그러다 문득 한곳에 시선을 두고 말을 타고 달려나갔다.

콰콰콰각!

그가 달려감에 수없이 많은 적병들은 마치 바다가 갈라지듯이 좌우로 갈라졌다. 그 모습은 실로 대단해 가슴이 뛰게 만들었다. 카이론은 갈라지는 병사들은 두고 자신을 향해 이를 드러낸 이들은 단칼에 베어 넘겼다.

그가 움직이는 곳에는 여지없이 시체가 늘었고, 질척한 핏물이 사방으로 튀어 올랐다. 마치 전신을 보고 있는 것 같았다. 그 누가 있어 그의 일도를 받아낼 것인가? 적어도 이곳에는 없었다.

그를 당해낼 자가 말이다. 그런 카이론이 언월도를 휘둘렀다.

좌하아악!

두세 명의 기사와 병사가 한꺼번에 양단되었다. 그곳에는 한 명의 기사가 핏물에 젖은 채 가쁜 숨을 몰아쉬고 있었다. 그는 다름 아닌 캐슬린 맥그로우.

"가슴은 뜨겁게 하고 머리는 차갑게 하라. 지휘관은 홀로 존재함에도 전장을 관통해야 한다."

별다른 말이 아니었다. 지휘관에 오른 자라면 누구도 지금 카이론이 말한 것을 알고 있을 것이다. 하지만 말처럼 그것이 쉬웠다면 모든 지휘관이 그러한 말을 입에 담지 않았을 것이다. 그 순간 그녀는 가볍게 숨을 내쉬며 주변을 돌아봤다.

무수히 많은 병력이 피의 구렁텅이에서 살고자 악다구니를 외치며 피를 흘리고 있었다. 그것은 자신도 마찬가지였다. 미친 듯이 베고 찔렀다. 그러다 보니 어느덧 홀로 떨어져 나왔다. 그녀의 곁에는 아무도 없었던 것이다.

　전장을 지휘하고 적재적소에 병력을 배치해야 할 자신인데 말이다. 물론, 지금과 같은 난전에는 그럴 이유가 없었다. 앞이든 뒤든 간에 모두가 전장이었다. 무조건 살아남기 위해 싸워야만 했다.

　그러다 문득 그녀의 시선이 닿는 곳에 아군의 병력이 있었다. 그녀는 거대한 클레이모어를 끌며 폭발하듯 튕겨져 나갔다.

　콰아아악!

　스칵!

　막 한 명의 병사를 향해 모닝스타를 내려치려던 기사의 신형이 덜컥 멈췄다. 그녀의 클레이모어에는 실낱 같은 핏줄기가 흘러내렸다. 한 명의 기사를 베어낸 그녀는 이내 다시 검을 휘두르기 시작했다.

　"정신 차려라!"

　그녀가 외쳤다. 그에 죽음 앞에 몰렸던 병사는 이내 투구를 다시 고쳐 쓰고 검을 꼬나들고 방패를 들며 일어섰다. 그 와중에 그녀는 클레이모어를 크게 휘둘렀다. 마치 가슴 속의 응

어리를 풀어내듯이 말이다.

"우와아아악!"

그녀의 가녀린 몸에서 사나운 함성이 튀어나왔다. 그녀를 향해 쇄도하던 적병들조차 주춤할 정도의 광폭한 기세였다. 그 틈을 이용해 그녀는 앞으로 나아갔다. 그리고 그녀를 따라 병사가 움직였다.

그때 그러한 캐슬린의 주변으로 수많은 검과 창 그리고 방패가 몰려들었다. 전투 지원 부대. 그저 전투를 지원하기 위한 부대에서 이제는 당당하게 전투에 임하는 부대가 되었다. 그녀의 휘하에 있던 지휘관들과 병사들이 모여들기 시작했다.

그리고 그들은 함께 외쳤다.

"와아아아!"

"죽여라!"

"진겨억! 진격하라!"

그들은 목이 터져라 외쳤고, 병사들은 살아남기 위해 동료들에게 등을 맡기고 싸워나가기 시작했다. 그 선두에는 얼굴을 가리던 헬름은 어디 갔는지 사라지고 은백색의 머리카락을 길게 휘날리며 연신 붉은 선혈을 그어내는 캐슬린 맥그로우가 있었다.

그러한 그녀의 모습은 혼전 중인 전장에서도 단연 눈에 띄었다. 보통 병사들보다 큰 키에 풍성한 은백색의 머리카락이라니. 그리고 그것은 적 기사들에게 좋은 먹잇감이 되고 있었다.

"감히 여자 주제에……."

"악마 같은 년."

두 명의 기사가 득달같이 캐슬린을 향해 검을 휘두르며 달려들었다.

과거의 캐슬린이었다면 아마도 그들을 무서워했을지 모른다. 연습과 실전은 천양지차로 달랐고, 몬스터를 죽이는 것과 사람을 죽이는 것은 엄연히 달랐으니까 말이다.

하지만 지금의 캐슬린은 자신을 향해 쇄도하는 두 명의 기사를 보며 비릿한 미소를 베어 물었다. 기사란 약자를 배려하고 여자를 존중한다. 그들은 지금 자신을 약자 혹은 여자로 보는 것이 아닌 경계해야 할, 혹은 죽여 없애야 할 적으로 본 것이었다.

기이한 쾌감이 그녀의 전신을 휩쓸었다. 그에 캐슬린은 앞으로 폭발적으로 튀어 나가며 비스듬하게 클레이모어를 들어 상대의 검을 흘리고, 가볍게 휘둘러 상대 기사의 목을 찍었다.

"큭!"

답답한 신음성이 흘렀다. 단번에 베어지지 않은 것이었다. 그때 캐슬린과 기사의 눈이 부딪혔다. 냉막한 캐슬린의 입가에 차가운 미소가 걸렸다.

"그 비천한 여자에게고 죽임을 당하는 넌 기사인가?"

캐슬린의 비웃음에 기사는 느낄 수 있었다. 일부러 자신의 목을 베지 않고, 클레이모어로 찍어 행동불가 상태로 만들었다는 것을 말이다.

"이… 이……."

"저승에 가면 환영할 것이다. 여자에게 죽었다고."

스걱!

그녀가 검에 힘을 실자 기사의 목이 가볍게 베어져 버렸다. 힘이 없어 베지 않은 것이 아니었다. 그녀는 친절하지 않았지만 이럴 때는 상당히 친절했다. 확실하게 알려주고 싶었다. 그녀는 외치고 있었다.

'나는 기사다!'

그녀는 기사였다. 하지만 전장의 상황은 결코 그녀를 내버려 두지 않았다. 자신과 함께 쇄도한 기사가 죽어 나자빠지는 것을 본 기사가 거친 욕설을 내뱉으며 캐슬린을 향해 쇄도했기 때문이었다.

"죽일 년!"

캐슬린의 신형이 핑글 돌아섰다. 그리고 그녀의 클레이모어가 기사의 복부를 스치듯 지나가고 있었다. 단 일검이었다. 단 일검에 기사는 이미 이 세상의 사람이 아니었다. 그녀의 활약은 병사들에게 용기를 주었다.

"우와아아~~"

용기백배하여 적을 몰아치는 병사들. 그러한 병사들을 바라보는 캐슬린. 그녀의 얼굴은 담담했으나 그녀의 눈동자는 환희에 젖어들고 있었다.

과거의 자신이라면 나약했을 것이다. 피를 보고 토악질을 했을 것이고, 흘러나온 내장을 보고 새하얗게 질려 부들부들 떨었을 것이다. 죄 없는 병사들을 죽임에 있어 망설였을 것이다. 하지만 이제는 아니었다.

이제는 안다. 이곳은 전장임을. 죽이지 않으면 자신이 죽는다는 것을 말이다. 그리고 자신이 강하지 않으면 자신의 명을 받고, 행동하는 수없이 많은 이들이 죽어간다는 것을 말이다.

그녀 스스로 자각할 수밖에 없었다. 자신은 일군을 이끄는 지휘관임을 말이다. 그 누구보다 많은 피를 뒤집어써야 한다는 것을 말이다. 그것이 지휘관이었다. 그래야 그들은 자신을 여자로 보는 것이 아닌 기사이자 지휘관으로 본다는 것을 말이다.

전장은 어지럽게 난전이 벌어지고 있었다. 아니 정확하게는 10만의 병력이 2만에게 포위당해 밀리고 있었다. 있을 수 없는 일이었다.

"저, 저런… 대체!"

"각하! 후퇴를……."

"뭐라!"

코헨 군사장의 말에 말론 백작은 눈을 부릅뜨며 그를 바라봤다. 지금 그것이 가당키나 한 것이냐고 말하는 듯 보였다.

"전투는 기세입니다. 10만이라 하나 많은 병사를 잃었습니다. 물론, 이대로 밀어붙인다면 분명 승리할 수 있을 것입니다. 하나, 아국의 병력 또한 상당수 잃어야만 합니다. 상처뿐인 영광일 뿐입니다. 그리고……."

코헨 군사장은 잠시 말을 흐렸다. 잠깐 전장에 시선을 두고 휘둘러본 그는 굳은 표정으로 다시 입을 열었다.

"이미 기세가 꺾였습니다. 벨롭 자작과 기사단장이 죽었습니다. 적은 기세가 올라 그 끝을 모르고 치닫고 있습니다. 이럴 때는 물러나 전황을 살펴야 합니다."

"그… 끄으음."

말론 백작은 무언가 목까지 치밀어 오르는 욕지기를 느꼈지만 결코 그것을 내뱉지 못했다. 다 이겼다 생각했다. 그런데 대체 이게 무엇이란 말인가? 겨우 1만이 조금 넘은 카테인 왕국의 구원군 때문에 10만이 지리멸렬하고 후퇴까지 해야 한다니 말이다.

"군을… 물린다."

"영명하신 판단입니다."

명을 받은 즉시 코헨 군사장은 후퇴를 명하는 전고와 뿔나팔을 불었다. 모든 전투에 있어서 공격보다 후퇴가 더 힘들다는 것을 잘 아는 그는 축차적으로 병력을 후퇴시켰고, 난전 중에도 나파즈 왕국의 병력들은 명에 충실했다.

"적이 물러난다!"

"우리가 이겼다! 우리가 이겼단 말이다."

"우와아~!"

카테인 왕국군은 물러나는 나파즈 왕국군을 쫓지 않았다. 그들을 쫓기에는 지금이 너무나도 힘들었다.

병력의 열세로 인해 그들을 물러나게 한 것만으로도 그들은 기진맥진했다. 오와 열을 맞춰 침착하게 물러나는 나파즈 왕국군을 보며 카이론은 침음성을 흘릴 수밖에 없었다.

그들은 정예였다. 전투 중 저렇게 오와 열을 맞춰 후퇴하기란 석성을 공략하는 것보다 더 힘들다는 것을 아는 탓이었다. 그의 곁으로 예니체리의 지휘관들과 예이츠 백작 휘하의 기사들과 귀족들이 다가왔다.

"복귀한다."

카이론은 물러나는 적을 쫓지 않았다. 물론 체력 때문은 아니었다. 예니체리는 아직도 힘이 남아돌았으나, 질서 정연하게 후퇴하는 적을 공격한다면 피해가 발생할 수도 있었다.

크릭 성을 향해 걸음 옮기는 카이론의 뒤로 수많은 이가 따라 움직였다.

하지만 그중 키튼이나 미켈슨 바이에른, 프라이며 엔그로스, 헤머슨 카르타고는 보이지 않았다. 어떻게 보면 그들은 카이론을 따르는 가장 측근인데 말이다. 그리고 그를 따라 합류한 병력 역시 그 수가 조금 모자라 보였다.

아니, 많이 모자라 보였다. 예이츠 백작은 크릭 성으로 향하면서도 새로 합류한 병사들의 수를 보며 놀라지 않을 수 없었다.

'겨우 이 숫자로 10만을 몰아붙였단 말인가? 분명 1만 2천이라고 했거늘 더 적어보이지 않는가?'

일만은커녕 그 절반에도 못 미치는 병력이었다.

'모두 죽은 것인가?'

하지만 크릭 성으로 복귀하는 동안 예니체리 사단이라고 불리는 이들과 동일한 복색의 병사들을 보는 것은 힘들었다.

'시체도 없다. 그렇다는 것은… 설마?'

예이츠 백작은 멀어져 가는 나파즈 왕국군을 바라보았다. 그는 왠지 저들이 그들의 왕국으로 돌아갈 수 없을 것 같다는 생각이 들었다. 그 생각은 비단 예이츠 백작만이 느끼고 있는 것이 아니었다.

사령관에게 건의해 후퇴를 결정한 코헨 군사장은 병력을 추슬러 후퇴하는 내내 머릿속에 남는 불안한 느낌에 이마에 깊은 골을 만들었다. 상대방의 기습에도 불구하고 안전하게 병력을 물리기는 했지만 뭔가 꺼림칙한 느낌을 버릴 수가 없었던 것이다.

'무언가를 놓친 것 같은데……'

하지만 딱히 현재로서는 자신이 무엇을 놓친 것인지 알 수 없었다. 후퇴는 완벽했고, 다소 병력의 손실이 있을지라도 재정비를 한다면 충분히 저들을 몰아붙이고 크릭 성을 탈환할 수 있을 것이었다.

그 순간 그의 머릿속을 강타하는 생각이 있었다.

'아뿔싸! 워릭셔 성!'

그들은 크릭 성과 함께 워릭셔 성을 공략하고 있었다. 마법 전력이 있어 별다른 무리 없이 점령했을 것이라 생각하지만, 상대편 적장이 무슨 수작을 부렸다면 지금쯤 어떻게 되었을지 모를 일이었다.

'그렇다면……'

코헨 군사장은 자신도 모르게 이동 중인 병력을 바라보았다. 첫 패배에 기세가 꺾인 탓인지 정예 중 정예라는 병사들의 걸음이 힘들게 느껴지고 있었다.

'가 보면 알겠지.'

왠지 모를 불안감. 그리고 그 불안감은 크릭 성에서 가까운 워릭서 성이 도달했을 때 드러났다.

＊　　　＊　　　＊

워릭서 성의 망루와 성벽에는 나파즈 왕국의 깃발이 휘날리고 있었다.

크릭 성과 다르게 지원이 없었나 보다, 라고 생각한 코헨 군사장은 내심 안도의 한숨을 쉬었다.

"성문을 열라! 말론 백작 각하시다!"

한 명의 기사가 말론 백작의 인장기를 들고 워릭서 성의 성문으로 다가가 커다랗게 알렸다. 하지만 성벽에서 들려오는 소리는 없었다. 그에 기사는 고개를 갸웃하더니 다시 한 번 크게 외쳤다.

"어서 성문을 열지 못할까? 근무태만으로 군법회의에 회부되고 싶은가?"

으름장을 놓았다. 하지만 여전히 묵묵부답. 그리고 성문 전면 타워에 올라가 있던 거대한 나파즈 왕국군의 깃발과 말론 백작 가문의 인장기, 그리고 군단장 인장기가 스르르 내려갔다.

"저, 저, 가, 감히……."

기사가 대경하여 입을 벙긋거렸다. 그리고 이내 다시 깃발이 오르기 시작했다. 한데, 깃발이 달랐다. 총 세 개의 인장기가 올랐는데 하나는 명확하게 알 수 있었다. 바로 카테인 왕국의 인장기였다.

"거, 새끼. 목청 겁나 크네. 잠자다 나왔잖아. 여기가 어디 너희들의 성이더냐? 이곳은 카테인 왕국의 성이다, 쌍년의 새끼들아. 어디서 되지도 않는 수작이냐, 수작은."

그때 성루에서 걸쭉한 목소리가 들려왔다.

"뭐, 뭣! 네놈은 누구냐?"

나파즈 왕국의 기사는 화들짝 놀라 외쳤다.

"뭐긴 이 새끼야. 여기 원래 주인장이지."

"감히… 네놈들이 무사할 성싶으냐?"

"웃긴 새끼네. 무사하지 않으면? 쪽수로 밀어붙이다 된통 당하고 말 대가리 돌린 놈들이 무슨 말이 많냐. 봐줄 때 곱게 돌아가라. 아니면 니 부랄까지 탈탈 털어주마."

"네놈이……."

"거, 새끼! 말귀 못 알아듣네."

쉬아아악!

그 순간 성루에서 외치던 자의 손에서 무언가 번쩍이는 빛이 떠올랐고, 순식간에 기사를 향해 쇄도했다. 그에 기사는 급급하게 검을 뽑아 들어 날아오는 무언가를 막아내려 했다. 하나, 그것은 기사를 향한 것이 아니라 기사가 타고 있는 말의 발치를 향한 것이었다.

콰하아악!

히히히힝!

그에 기사의 말은 그 무엇에 담긴 기세에 놀라 앞발을 들어 올렸다.

"워어~ 워어!"

기사는 말을 다독이며 안심시켰다. 그리고 말의 발치에 박힌 무언가를 바라봤다. 그것은 바로 나파즈 왕국의 인장기였다. 보통 성루에 꽂힌 인장기의 무게는 감히 홀로 들어 던질 수 있는 그런 무게가 아니었다.

그런데 그런 인장기를 마치 단창을 집어 던지듯 가볍게 집어 던진 적장의 모습을 보니 오금이 저림을 느꼈다. 그에 전의를 상실한 기사는 더듬거리며 외쳤다.

"가, 감히! 부, 분명 후회하게 될 것이다."

"그래? 하나 더 던져 주리? 여기 쓸데없는 깃발 많은데 말이지. 대신 이번에는 네놈 심장이다."

"흐, 흥! 두, 두고 보자!"

기사는 성루에 있던 자의 말에 다급하게 말 머리를 돌렸다. 하지만 결코 쉽게 물러나지 않겠다는 듯이 두고 보자는 말을 남기고 갔다. 물론 그런 류의 인간들은 다시 볼 일이 없었다.

"새끼! 도망치는 주제에 큰 소리는……!"

그러면서 바닥에 침을 탁 뱉어내는 키튼이었다. 전장을 누벼야 할 그가 어느새 워릭셔 성에 돌아와 있었던 것이었다. 도대체 어떻게 해서 후퇴하는 나파즈 왕국군보다 먼저 이곳에 도착했는지 모를 일이나 어찌되었든 워릭셔 성에는 키튼이 먼저 자리를 틀고 있었다.

"적들이 순순히 물러나겠소?"

키튼에게 묻는 자, 바로 로저 모티머 남작이었다. 적들의 마법 공격에 속수무책으로 성을 함락당했던 모티머 남작. 그의 패배는 그가 방심해서 만들어진 것이 아니었다. 그가 어쩔 수 없는 마법이라는 강력함에 의해 패배한 것이었다.

그리고 힘들이지 않고 워릭셔 성은 함락되었고, 워릭셔 성에 있던 병력들은 무장 해제당해 임시로 만들어놓은 수용소에 갇힌 신세가 되었다. 하지만 얼마 안 있어 예니체리가 다시 성을 함락시킴과 동시에 그들의 무기와 방어구를 되돌려 받을 수 있었다.

현재 워릭셔 성에는 대략 5천의 병력과 수백의 기사가 존재했다. 그들은 다시 무기와 방어구를 지급받음에 나파즈 왕국군을 향해 광폭한 적개심을 드러내고 있었다.

게다가 키튼은 한발 더 나아가 적들의 마법 공격까지 대비했다.

일반적인 공성 장비로도 쉽게 점령치 못할 석성을 마법이라는 대단한 방법으로 아주 수월하게 점령해 버린 적이었다. 그에 대한 대비가 없다면 똑같은 절차를 밟을 수밖에 없었다.

"괜찮을 거요."

"정말… 이오?"

재차 확인하는 모티머 남작. 그런 남작의 의심을 알고 있다는 듯이 확신에 찬 키튼의 대답이 있었다.

"아마 오늘 밤에는 공격하지 못할 것이오. 저들도 지쳤을 터이니 말이오. 야영을 하게 된다면 그들은 지옥을 보게 될 것이오."

"그 무슨……."

"그렇게만 알고 있으시오."

그리 말을 한 후 몸을 돌려세우는 키튼. 그런 키튼을 복잡한 눈으로 바라보는 모티머 남작이었다. 어쨌든 키튼의 무지막지한 무력을 본 후였으니 믿지 않을 수 없었다. 지금 상황으로서는 그가 최선이니 말이다.

키튼이 그렇게 다짐하는 동안 키튼에게 쫓겨나다시피 발길을 돌린 기사는 본진에서 보고를 하고 있었다.

"허어~ 역시 그랬던가?"

코헨 군사장은 상대방의 전략에 혀를 찰 수밖에 없었다.

적들은 어둠이라는 것을 철저하게 이용했다. 기습과 어둠. 그리고 거대한 함성. 이 세 가지만으로도 6천의 병력을 두 배 이상으로 불리는 효과가 있었다.

난전 중에 적을 파악하는 것은 상당히 어렵다. 적장은 그것을 이용했다. 자신조차 적을 적어도 1만 이상의 병력으로 보았지 않은가? 그리고 곳곳에서 벌어지는 강렬한 적들의 등장에 식은땀마저 흘렸고 말이다.

"아마 적들은 기습을 하기 전에 루센 성, 윈저드 성, 치크 성을 모두 수복했을 것입니다. 방법은 아마도 각 성의 비밀 통로를 통해서였을 가능성이 높습니다."

"……"

코헨 군사장의 말에 말론 백작은 말이 없었다. 아니 허탈했다. 손쉽게 얻은 성이기는 했지만 그렇다 해도 이건 너무 참담했다. 자신은 아직도 기습한 적들의 수를 헤아리지 못하고 있었다.

그런데 적들은 세 개의 성을, 아니, 워릭서 성까지 네 개의 성을 수복하고 얼마 안 되는 병력으로 10만에 이르는 자신의 병력까지 패퇴시켰다. 생각하면 생각할수록 모골이 송연해질 정도였다.

'대체 누구란 말인가?

"적에 대한 정보가 너무나도 부실했습니다."

"그… 렇군."

코헨 군사장의 말에 겨우 입을 떼는 말론 백작이었다. 부실한 정도가 아니었다. 아예 아무것도 알 수 없었다. 갈수록 실타래가 풀리기는커녕 계속해서 의문만 증폭되고 있었다.

"일단 지금은 병사들을 쉬게 하는 것이 옳습니다."

"그래야겠지."

말론 백작은 순순히 수긍했다. 병사들은 지쳤다. 본래 주간 전투보다 야간 전투가 두 배 이상 힘든 것이다. 비록 사방이 적이지만 어쩔 수 없었다.

다행인 점은 아직까지 자신들의 병력이 훨씬 더 많다는 것이다.

"현재 병력은 어찌 되나?"

"집계한 바로는 크릭 성의 공성에 참여한 수가 7만 5천입니다. 그중 5천의 병력 손실을 입어 현재 7만으로 집계되었습니다."

"각 성에 남겨진 병력은?"

"그것이……."

코헨 군사장이 말을 흐렸다. 말론 백작은 고개를 끄덕였다. 아마도 죽거나 포로가 되었을 것이다. 보지 않아도 뻔한 일이었다.

"적의 수는?"

"대략 3만 정도로 추정되고 있습니다."

"추정?"

"예……."

"추정이라……."

할 말이 없었다. 전략으로는 마법사나 기사들을 능가한다는 코헨 군사장이었다. 그런데 그의 입에서 추정이라는 말이 흘러나왔다. 그조차도 현재 적의 상황을 정확하게 알 수 없다는 것이었다.

"일단은 쉬도록 하게."

말론 백작은 지금은 쉴 때라는 것을 알았다. 심신이 지쳤다. 마치 물 먹은 솜처럼 축 처졌다.

"그럼, 쉬시길."

코헨 군사장과 지휘관들이 물러갔다. 물러나는 그들을 보며 말론 백작은 무언가 불길한 감각이 뇌리를 스치는 것을 느꼈다.

아마도 야습은 없을 것이다. 상대는 오늘 성을 점령한 자들이었다. 아마도 자신들보다 더 녹초가 되었을 테니… 그래서 코헨 군사장도 언급하지 않았을 것이다.

그런데 자꾸 불안함이 뇌리를 자극했다.

'대체……'

고개를 저은 말론 백작은 독한 몇 잔의 술을 거푸 들이켠 후에야 겨우 눈을 붙일 수 있었다.

그가 잠든 그 시각, 나파즈 왕국군이 펼친 진영은 고요히 잠들어 있었다. 피곤에 지친 그들은 경계 병력을 증강시키고 깊은 수면을 취했다.

그리고 그런 고요와 적막이 감도는 나파즈 왕국군의 진영에 일단의 어둠이 움직이기 시작했다.

어둠이 움직인다는 말이 조금 이상하기는 하지만 그들은 완벽한 어둠 그 자체였다. 눈에 안력을 돋우어 주의 깊게 응시하지 않는다면 절대 발견할 수 없을 정도의 움직임이었다.

나파즈 왕국군 외곽 지점에 도착한 그들은 어느 한 명의 지시에 따라 각자 어둠 속으로 사라져 갔다.

그리고 지시를 내린 자가 가장 늦게 나파즈 왕국군의 진영으로 사라졌다. 그의 움직임은 은밀하고도 신속했다. 경계병을 스치고 지나갔고, 몇몇 기사의 배후를 돌아 다른 막사보다는 약간 작은 야전 막사에 도착한 검은 그림자는 마치 스며드는 듯 야전 막사 안으로 사라졌다.

펄럭!

아주 미세한 소리가 들렸다. 지나가던 기사와 병사가 순간 주변을 둘러보더니 이내 아무런 움직임이 없다는 것을 확인한 후 다시 순찰을 돌기 시작했다. 그들이 표정은 피곤에 절어 상당히 귀찮아하는 모습이었다.

그러하기에 그 펄럭임을 그저 바람에 나부끼는 그런 것으로 치부해 버렸다. 분명 지금 사방은 바람조차 불지 않음에도 불구하고 말이다. 그들이 순찰을 돌기 위해 사라질 즈음 막사 안으로 잠입한 자는 곤히 잠들어 있는 자의 곁으로 다가갔다.

막사라고는 하지만 어둠을 밝히는 어린아이 팔뚝만 한 촛불이 켜져 있었다. 촛불이 일렁임에 막사 안으로 잠입한 자의 그림자도 그에 따라 일렁였다.

자고 있는 자의 얼굴에 그림자가 드리워졌다.

자고 있던 자가 몸을 뒤척이다 눈을 슬며시 떴다.

"누… 큭!"

눈이 부릅떠졌다. 야전 침대 위에 있던 자의 목에 가는 혈선이 맺혔다.

암살이었다. 암살 대상은 나파즈 왕국군의 마법사들. 그들은 조심성이 많아 잠을 자더라도 막사 안에 촛불을 켜 놓았으며, 막사 주변에 알람 마법을 설치했다.

하나, 그들에게는 그런 것쯤은 아주 가볍게 무효화할 수 있는 스크롤이 있었다.

'데어셰크의 이름으로……'

그랬다. 이들은 데어셰크였다. 그중 데어셰크의 수장이 된 아시커나크였다.

마법사를 죽인 그의 신형은 마치 어둠 속으로 사라지듯 녹아들었다. 그러한 일은 비단 이곳만이 아니었다. 마법사들은 그 성격이 까칠함에 1인 1천막이 배정되었다.

물론, 그들은 이곳저곳으로 떨어져 있는 것도 아니고 마법 병단이라고 해서 한 군데에 모여 있었다. 그러하기에 그들이 움직이기에는 아주 편했다.

진득한 피 냄새가 문제일 수도 있겠으나, 예니체리 사단에 새롭게 자리한 알프레드 슐리펜이 만들어준 스크롤에 의해 그것 역시 아주 쉽게 해결되어 버렸다.

잔인한 밤의 시간이 흘러갔다. 그 누구도 3백에 이르는 마법 병단의 마법사들이 죽임을 당하는지 몰랐다. 살아남은 마법사라고는 당직을 섰던 마법사나 순찰을 돌던 마법사뿐이었다.

그들조차도 순찰을 돈 후 자신의 막사로 들어가 휴식을 취했기에 정작 마법 병단에 속한 마법사들의 죽음을 알게 된 것은 날이 밝아 전략 회의를 하기 위해 각 제대의 지휘관을 소집했을 때였다.

"뭐, 뭐라? 지, 지금 뭐라 했는가?"

"마, 마법사들이……."

"어, 어찌… 어찌 이럴 수 있단 말인가?"

털썩.

너무 놀라 몸을 일으켜 세웠던 말론 백작의 신형이 허물어지듯 의자에 주저앉았다. 그의 얼굴은 마치 수십 년은 한꺼번에 늙어버린 것 같은 느낌이 들었다.

"순찰은? 알람 마법은?"

"……."

할 말이 없었다. 원래는 마법 병단에 속한 연대장 세 명과 병단장이 있어야 할 자리가 휑하게 비어 있었다. 전략을 논하기 위해 마련된 지휘관 막사에는 한동안 정적이 감돌았다. 그것은 코헨 군사장도 마찬가지였다.

자신들의 절대적인 무기라 할 수 있는 마법 병단. 적에게는 없는 가장 유리한 무기가 하룻밤 사이에 사라져 버린 것이었다.

이제는 오로지 병력만을 믿을 수밖에 없었다. 하지만 지금에 와서 그 병력조차도 의미 없을지도 모른다는 생각에 지금의 상황을 만든 적장의 계략에 두려움을 가지게 되었다.

"하아~"

말론 백작과 코헨 군사장이 동시에 긴 한숨을 토해냈다. 그 둘의 한숨에 지휘관 막사는 덩달아 침묵에 잠겨들 수밖에 없었다. 어찌 가늠해 볼 수조차 없을 정도의 거대한 충격이 지금 지휘관 막사를 휘감고 돌았다.

벨롭 자작과 기사단장의 죽음. 그리고 거기에 더하여 마법 병단의 전멸. 살아남은 마법 병단의 마법사는 겨우 다섯. 그들로 전세를 어찌 바꿔볼 수는 없을 것이다.

"어찌했으면 좋겠나?"

말론 백작이 갈라진 목소리로 물었다.

"…방법은 세 가지입니다."

세 가지의 방법. 말론 백작이 어리석지 않다면 코헨 군사장이 말한 방법을 어렵지 않게 생각해 낼 수 있을 것이었다.

"정면 돌파와 우회 후 후퇴인가? 그리고 나머지 하나는……."

"제2군을 기다릴 수밖에 없습니다."

코헨 군사장의 말에 말론 백작은 인상을 있는 대로 구길 수밖에 없었다. 2군의 사령관은 아사 팀버레이크 백작. 자신과는 경쟁 관계에 있는 이라 할 수 있었기 때문이었다. 그러하기에 자존심 때문에라도 절대 그의 도움을 받아들일 수 없었다.

첫 번째 방법인 정면 돌파는 위험할지는 몰라도 확실한 승전을 올릴 수 있었다. 비록 마법사가 없어 병력이 많이 축나기는 했지만 병력 차이는 압도적이었다.

게다가 2군의 아사 팀버레이크 백작의 비아냥이나 견제로 부터 벗어날 수 있었다.

2번째 방법인 후퇴는 패배를 뜻하니 그에겐 선택의 여지가 없었다.

말론 백작이 코헨 군사장을 바라보았다. 코헨 군사장 역시 말론 백작을 바라보았고, 말론 백작의 의중을 정확하게 짚을 수 있었다.

그와 함께해 온 세월이 있으니 그의 성정을 모를 리 없었다. 그는 현명했으나, 어쨌거나 귀족은 귀족이었다.

귀족이란 전쟁을 치르고 있다고 해서 결코 정쟁에서 멀어질 수 있는 그런 존재가 아니었다.

더군다나 백작이라는 고위 작위를 가지고 있는 귀족이라면 더욱더 그랬다. 자신이 세 가지의 방법을 상정했지만 두 번째와 세 번째의 방법은 받아들여지지 않을 것이라는 것을 이미 예상하고 있었다.

"전 병력이 전투에 참여할 수는 없습니다."

"그렇겠지."

말론 백작도 인정했다. 적의 병력이 적다고는 하지만 자신을 사방에서 에워싸고 있는 형국이었다. 적진의 한가운데 있음에 후방과 좌우를 경계하지 않을 수 없었다.

"7만 중 후면과 좌우 그리고 중앙에 1만을 배치하면 3만이 남습니다."

"가능할 것도 같군."

"공략하고자 하는 워릭셔 성의 병력이 1만 안쪽이라면 충분히 해볼 만합니다."

"아직 희망은 있군. 하면, 그리 정하도록 하지."

"명을 따르겠습니다."

마론 백작과 코헨 군사장의 말에 세 명의 사단장은 그저 꿀 먹은 벙어리처럼 아무런 말도 할 수 없었다.

"거참. 이럴 거면 뭐 하러 우리를 불러서는……."

지휘관 막사를 나오며 와튼 1사단장이 투덜거렸다. 그를 따라나선 연대장들은 슬쩍 주변을 훑으며 고개를 저었다. 평소 불같은 성정으로 직설적인 말을 곧잘 하는 그였다. 하지만 지금은 상황이 좋지 않았다.

"사단장님, 지금은 좀……."

그의 부관이 그를 뜯어말렸다. 그에 슬쩍 주변을 훑어본 와튼 사단장이 자신의 실책을 깨달았는지 헛기침을 했다.

"허험. 어서 가지."

"명!"

와튼 1사단장이 사라지자 피터슨 2사단장과 글레스 3사단장은 혀를 찼다.

자리를 봐 가며 불평을 터뜨려야지, 꿔다 놓은 보릿자루면 어떠한가? 승리하면 그것으로 된 것을 말이다.

그리고 그렇게 골치 아픈 전략을 생각해서 뭘 하겠는가? 자신들은 그저 명에 따라 적의 목을 따고 선봉에 서서 공을 세우면 그만인 것을 말이다.

"가서 준비하도록 하세."

2사단장과 3사단장이 휘하의 연대장을 대동하고 사라져 갔다.

"쯧!"

그에 전투 지원 사단장인 제이 버트럼 자작은 눈살을 찌푸리며 혀를 찼다. 지금은 공을 다투고 위치를 신경 쓸 때가 아닌 것이었다.

"하아~ 좋지 않아."

가벼운 한숨이 그의 입속에서 터져 나왔다.

제4장

전사의 귀환

Warrior

　3만의 병력이 워릭서 성을 에워싸기 시작했다. 모티머 자작은 그 모습에 얼굴을 침중하게 굳혔다. 비록 3만이라고 하지만 본성의 세 배가 넘어가는 병력이었다. 게다가 상대방은 공성 장비까지 충실했다.

　나파즈 왕국군이 워릭서 성을 점령한 후 공성 장비를 모두 폐기했기 때문에 현재 워릭서 성에는 공성 장비는 고사하고 활과 같은 투척 무기조차 제대로 남아 있지 않았다.

　급한 김에 오래된 군수창고를 열어 정비되어 있지 않은 녹슨 무기와 방어구를 꺼내 들었지만 그것만으로는 살아남은 병사들과 기사들을 무장시킬 수 없음은 물론이었다. 물론, 포로로 잡힌 적들의 무구를 빼앗아 착용했지만 그것만으로는 턱없이 부족했다.

"무엇을 걱정하십니까?"

그때 그의 곁으로 다가오며 부관인 게이지 남작이 물었다.

"이겨낼 수 있을까?"

"글쎄요······."

모티머 자작의 말에 게이지 남작은 말을 흐렸다.

워릭서 성을 수복한 예니체리의 병력은 고작 3천이었다. 그중 2천이 빠져나가고 겨우 1천만 남았다.

그런데 중요한 것은 그런 병력적인 열세임에도 불구하고 왠지 모르게 걱정되지가 않는다는 점이었다.

"이것이 무슨 감정인지 모르겠지만 왠지 모르게 그냥 될 것 같다는 느낌이 듭니다."

"······."

게이지 남작의 말에 고개를 돌려 그를 바라보는 모티머 자작. 그러다 자신도 모르게 고개를 주억거렸다.

그 역시 걱정스러운 표정으로 워릭서 성을 둘러싸고 있는 적들을 보고 있기는 했지만 이상하게 막아낼 수 있을 것 같은 느낌이 들었기 때문이었다.

"무슨 방법이 있겠지. 알카트라즈 경은?"

"새벽부터 그 누구도 접근을 불허한 채 중앙 광장에서 무언가를 하고 있는 것 같은데 잘 모르겠습니다."

"그래? 한 번 가보도록 하지."

"모시겠습니다."

그들은 워릭서 성의 중앙 광장으로 향했다. 중앙 광장은 워릭서 성에서 가장 넓은 공간이었다. 유사시 5천 이상의 병력을 한꺼번에 수용할 수 있을 정도로 말이다. 그런데 그 둘이 중앙 광장에 도착했을 막 키튼이 땀을 닦아내며 숨을 가볍게 내쉬었다.

그 둘이 보았을 때는 기이한 문양이 중앙 광장을 가득 채우고 있었다.

"저게……."

"…마법진 아닙니까?"

그랬다. 마법진이었다. 그들도 알고 있었다. 그들이 서적 속에서 얼핏 보았던 것과 많이 다르지만 분명 그것은 마법진이었다. 특유의 룬 문자와 함께 문양 위에 덧칠해진 미묘한 색상의 가루까지.

"어~ 왔소?"

그때 키튼은 둘을 보며 입을 열었다.

"이거……."

"마법진이오."

"이렇게 거대한 마법진을 왜……?"

"왜기는. 필요하니까 꼭두새벽부터 그린 것 아니겠소?"

"아니, 그……."

"자자. 뒤로 물러섭시다. 곧 마법진이 작동할 터이니 말이오."

그러면서 그 둘을 몰아세우는 키튼이었다. 그에 그들은 떠밀리듯 중앙 광장의 한쪽 편으로 밀려났다. 그리고 그들이 채 자리를 잡기도 전에 키튼이 오랜 시간 동안 그려왔던 마법진에서 희미한 빛이 터져 나오기 시작했다.

빛의 분출과 동시에 마법진 위에 뿌려진 백색의 가루가 허공으로 부유하기 시작하며 하나의 형상을 만들었고, 그것은 바로 마법진 위에 그려 넣었던 룬 문자와 똑같은 모습으로 허공에 맺히기 시작했다.

허공에 룬 문자 하나하나가 맺히자 이제는 그 모든 문자가 회전하기 시작했다. 룬 문자가 점점 더 강렬하게 빛을 내뿜더니 하나둘씩 합쳐지기 시작했다.

그때.

쿠쿠구구웅!

중앙 광장이 가볍게 흔들리며 둔중한 소리가 그들의 귓등을 때렸다.

그리고.

전혀 보이지 않았던 무언가가 생성되기 시작했다.

어찌 보면 거대한 문과 같은 형상. 그리고 그 중앙은 푸른색으로 마치 맑은 날 햇빛을 반사하는 호수처럼 일렁이는 빛무리가 생성되었다.

"멋지군!"

키튼의 입에서 감탄사가 터져 나왔다. 모티머 자작과 게이지 남작 역시 마찬가지였다. 하지만 그들은 입 밖으로 그 말을 내뱉지 못했다. 그랬다가는 심장이 튀어나올 것 같아서 말이다.

일렁임이 심했다. 그리고 그 일렁임 속에서 무언가 나왔다.

바로 카이론 에라크루네스였다.

그 뒤를 이어 수없이 많은 병력이 차곡차곡 빠져나오기 시작했다. 병력뿐만 아니었다. 그 크기마저도 어마어마한 공성 장비까지 빠져나오고 있었다. 그 믿을 수 없는 광경에 모티머 자작과 게이지 남작은 그저 얼이 빠져 있을 뿐이었다.

카이론은 키튼과 두 명을 발견하고 그들에게 다가와 간단하게 말을 한 후 영주관으로 향했다.

"수고했다."

그 간단한 말만 내뱉고 가는 그의 뒷모습을 바라보는 키튼.

"어따, 그 양반. 부끄러워하기는. 우리도 어여 갑시다."

키튼이 그를 뒤따라 영주관으로 향했고, 모티너 자작과 게이지 남작은 마치 언데드처럼 그를 따라 움직였다.

"이게 정말 가능한 것이었군요."

"그러게 말이네. 그런데 본 작이 알기로는 이런 게이트는 고위 마법사만이 가능하다고 하던데 말이지. 마나석도 있어야 하고."

도무지 알 수 없었다. 그들이 알기로 카테인 왕국에는 이런 고차원적인 게이트를 운용할 수 있는 고위 마법사가 없었다.

그런데 이건 무엇이란 말인가? 도대체 어떻게? 그들의 의문은 끝도 없이 밀려들었지만 알려주기 전에는 절대 알 수 없었다.

그들은 그렇게 의문을 지닌 채 영주관의 대회의실에 들어섰다. 가장 먼저 지휘관급 인물들이 게이트에서 빠져나왔기에 병력과 군수 장비를 정비할 일부 지휘관만을 남긴 채 대부분의 지휘관들이 대회의실에 모였다.

"3만과 전면전을 치른다."

단 한마디였다.

그에 모티머 자작과 게이지 남작은 화들짝 놀랐다. 물론 게이트에서 쏟아져 나오는 병력과 물자를 보면 충분히 버틸 만하다는 생각이 들기는 했다. 하지만 전면전이라니. 이것은 상상조차 할 수 없었다.

"어렵지 않겠습니까?"

모티머 자작은 부정적인 의견을 내었다. 말이 3만이지 그 뒤에는 4만이라는 병력이 존재했다. 그런데 얼마나 될지 모르지만 그보다 훨씬 적은 병력으로 그들과 전면전을 벌인다니 말도 안 되는 일이었다.

그가 말한 '어렵지 않겠습니까?'라는 말은 그나마 완곡한 표현을 유화시켜서 한 말이었다. 불가능하다는 말을 그렇게 표현한 것뿐이었다. 그렇게 말을 한 모티머 자작은 다른 귀족들과 지휘관을 둘러보았다.

그런데 주변을 둘러보던 모티머 자작의 얼굴이 이상하게 변해갔다.

당연히 자신의 의견에 동조할 줄 알았다. 그런데 이건 뭔가? 전혀 그렇지 않았다. 한심하다는 표정은 아니었지만 그들의 표정에서 자신의 의견에 동조하지 않는 것을 느낄 수 있었다.

"정말… 가능하다고 생각하는 것이오?"

"가능하지 않을 것도 없지 않소."

누군가 입을 열어 그에게 말했다.

"저들에게는 마법사가 있소. 게다가 병력 역시 7만이 넘는단 말이오."

"마법사는 전장에 투입될 수 없을 것이오. 그리고 7만이 다

온답디까? 겨우 3만이오."

"그게 무슨……."

지금 모티머 자작과 언쟁을 벌이고 있는 자는 라마나였다. 스키피오는 시스테인 성에 남았다.

본거지를 튼튼하게 하는 것과 함께 남부의 귀족들을 포섭하는 것이 그의 임무. 그리고 전장을 헤집으며 적의 숨통을 끊는 것은 라마나의 임무였다.

하지만 라마나에게 더 이상의 친절한 설명을 들을 수는 없었다. 그에게 더 이상의 시간을 할애할 수 없었기 때문이었다.

"1군 6천은 사령관께서, 2군 6천은 불카투스 경이 이끌 것이며, 워릭서 성의 병력은 성문을 굳게 닫고 오로지 공성 장비만 사용하면 됩니다. 워릭서 성의 전권은 웰링턴 백작에게 맡기겠습니다."

"좋군. 출발하지."

그것으로 끝이었다. 카이론이 일어나자 모든 이들이 자리를 박차고 일어났다. 다만, 모티머 자작과 게이지 남작만이 지금의 상황에 적응을 하지 못하고 그저 멍하게 자리에 앉아 있을 뿐이었다.

"언제까지 앉아 있을 생각인가?"

그때 그 둘을 깨우는 목소리가 있었으니 아서 W. 웰링턴 백작이었다. 알카트라즈에서는 죄수의 신분이던 그가 작위가 복권되면서 이름뿐이지만 다시 백작의 위에 오른 것이었다.

"아서 W. 웰링턴 백작이네. 따라오게."

"아! 예……."

그 둘은 말없이 웰링턴 백작의 뒤를 따랐다. 지금은 의문을 갖기보다는 성내 병력 배치를 더 신경 써야 하기 때문이었다. 이미 모든 것은 자신의 의지와 상관없이 정해져 있었다. 투덜거리거나 악다구니를 써봐야 어찌할 수 있는 것이 아니었다.

그들이 웰링턴 백작의 뒤를 따라 병력을 배치하고 성루에 올랐을 때 일단의 무리가 성문을 열고 전열을 갖추고 있는 전장으로 말을 몰아가고 있었다. 그런 그들을 보며 웰링턴 백작은 나직하지만 힘 있는 어조로 입을 열었다.

"전설을 보게 될 것이네."

"…무모합니다."

"그렇지. 무모하지."

"한데, 왜?"

모티머 자작의 물음에 웰링턴 백작은 살짝 고개를 돌려 그를 응시한 후 다시 시선을 전장에 두며 입을 열었다.

"무모하지 않으면 지금 이 상황을 타개할 방책이 있는가?"

"그야 수성을 하며 기다리면……."

"정말 그렇게 생각하는가?"

모티머 자작의 말을 끊으며 웰링턴 백작이 다시 물었다. 여전히 시선은 전장을 향해 있었다. 모티머 자작 역시 시선을 전장에 두고 있었다. 그의 시선이 닿는 곳은 온통 나파즈 왕국군이었다.

명목상 그들은 이 카테인 왕국의 내전을 평정할 구원군이라지만 카테인 왕국의 귀족이라면 그것이 단지 명분일 뿐이라는 것을 모르는 이는 없었다.

아무리 멍청하고 사리사욕에 자신의 배만 불리기를 원하는 귀족이라 할지라도 말이다.

그들은 자신의 권익을 위해 배를 갈아타는 만큼 그러한 정치적인 상황에 민감한 것이다.

그리고 또 하나. 저들을 결정적으로 침략군으로 부를 수 있는 단서는 바로 국왕의 요청이 아닌 재상의 요청이었다는 것이다.

국왕의 인장이 찍히지 않았다는 것은 국왕이 거부했다는 것. 결국 저들은 침략자일 뿐이었다.

그래서 예이츠 백작은 철의 장벽을 통해 저들의 진군을 막고자 한 것이었다. 물론 상대에 대해 너무 몰랐고, 적이 코앞에 있음에도 불구하고 그 알량한 권세가 무엇인지 직언을 하는 가신을 내쫓는 불상사가 벌어졌지만 말이다.

결국 다섯 개의 성 중 세 개가 몇 시간도 되지 않아 함락되었고, 자신은 포로까지 되었다. 무구는 모두 빼앗겼고, 감옥에 다 수용치 못하고 중앙 광장에 수용소를 만들어 그곳에서 지내게 되었다.

애초에 자신들은 무모했던 것이었다. 적에 대해서 아무것도 모르고 있었고, 그저 언제나처럼 적을 물리칠 수 있을 것이라 너무나도 낙관적으로 생각했다. 지금의 이 상황은 오로지 자신들이 자초한 것이라 할 수 있었다.

"경들이 모르고 있는 사살이 있는데 말이야……."

"……?"

웰링턴 백작은 나직하지만 강한 어조로 입을 열었다.

"지금 예니체리 사단에는 카테인 왕국의 3대 개국 공신 가문이 다 모여 있네. 빛의 가문인 맥그로우 가문과 어둠의 가문인 슐리펜 가문, 그리고 현자의 가문인 드러커 가문까지 말이네. 이것이 무엇을 의미하는지 아는가?"

"그런……."

"지난 30년간 재상은 이 세 가문을 차례로 멸문시켰다. 가장 마지막으로 멸문당한 가문이 바로 어둠의 가문인 슐리펜 가문이네."

"그것이 지금 이 상황과 연관이 있습니까?"

"있지. 그것도 아주 많이 있지."

"어떤……."

진정 궁금했다. 대체 어떤 연관이 있는지.

"현 카테인 왕국의 재상인 앤드류 마샬 후작의 본명은 앤드류 로스차일드 마샬 폰 나파시안이네."

"……!"

입을 떡 벌리며 눈이 커지는 모티머 자작.

"어떻게 알았냐고? 알프레드 슐리펜. 가문은 멸문당하고 혼자 살아남았으나 현재는 예니체리 사단의 유일한 마법사가 된 자이지. 그는 슈츠슈타펠의 수장이었네."

혼란스러웠다. 갑자기 충격적인 정보가 한꺼번에 들이닥쳐 그것을 정리하는 데에만도 한참이 걸릴 정도로 말이다.

무서운 일이었다. 도대체 그 누가 짐작이나 할 것인가?

망해가는 왕국의 유일한 버팀목이라고 할 수 있는 재상이 나파즈 왕국의 왕자라니.

"하면, 이 모든 것은……."

"그들은 아주 오래전부터 지금의 상황을 계획하고 있었을 것이네. 자국의 왕자를 희생하면서까지 말이네."

이제야 알겠다. 어차피 막다른 골목이고 이것을 헤쳐 나가기 위해서는 무모하리만큼의 결단성이 필요하다는 것을 말이다.

그제야 모티머 자작은 마른침을 삼키며 전장을 살피기 시작했다.

사실을 알고 난 후 바라보는 전장은 이전과는 판이하게 다른 모습이었다.

＊　　　＊　　　＊

그그그극!

워릭서 성의 성문이 열렸다. 그리고 1만 2천의 병력이 쏟아져 나왔다.

"전면전을 각오한 것 같습니다."

"멍청한 놈들."

조나단 와튼 1사단장은 비릿한 미소를 떠올렸다. 그나마 성벽에 기대어 전투를 치른다면 살아남을 가능성이 조금이라도 있었을 것이다. 한데, 그들은 그런 성을 버리고 성문을 나서고 있었다.

"단숨에 뭉개 버린다!"

"명!"

"전구운! 진격하라!"

작전이고 뭐고 없었다. 그저 세 방향으로 감싸 자신들을 향해 무모하게 달려오는 적을 향해 포위하면 쇄도해 들어갔다.

다만 후퇴할 수 있는 후면만 남겨둔 채 말이다. 그들도 알고 있었다. 궁지에 몰리면 쥐도 고양이를 문다는 것을 말이다.

그것은 전투에도 그러한 동물 세계의 법칙이 적용된다. 살길은 열어둔다. 살 수 있는 한 가닥 희망. 도망치면 살 수 있다는 희망을 놓아두고 전투를 치른다.

카이론은 적을 향해 돌진해 들어갔다. 그는 항상 가장 선두에 서서 달린다. 그의 시선 속에는 미친 듯이 자신을 향해 달려드는 적국의 병사들과 기사들. 좌우를 보지 못하게 한 전투마가 담겨져 있었다.

저들 중 많은 이가 죽을 것이다. 살아남은 이들도 있겠으나 살아남아 자국으로 돌아가는 이들은 극히 드물 것이다. 어쩌면 이 전투에서 자신이 죽을지도 모른다. 누군가가 자신에게 전투가 무섭냐고 하면 당연히 무섭다고 할 것이다.

그런데 왜 가장 선두에 서서 달려가느냐고 물으면 무섭기 때문이라고 할 것이다. 무섭기 때문에 그 무서움을 떨치기 위해서 가장 선두에 선다고 말할 것이다. 그게 왜 이유가 되느냐고 물으면…….

'나를 따르는 이가 죽어가는 것이 가장 무섭기 때문이다.'

라고 말할 것이다.

카이론은 적들을 보았다. 전장을 가득 채운 진득한 살기와

번들거리는 기세는 심장을 급격하게 뛰게 했고, 그의 얼굴은 한 겹의 살얼음이 끼얹어졌다.

"후욱!"

뜨거운 숨결이 입 밖으로 뿜어져 나왔다. 이제 다시 미칠 시간이 다가왔다. 자신이 미치면 한 명이라도 더 살려낼 수 있을 것이다.

그것을 알아주든 알아주지 않은 사람을 죽일 때마다 느껴지는 인간 존엄에 대해 조금의 위안으로 삼을 것이다.

촤아아악!

3만과 1만 2천이 부딪혔다.

가장 먼저 카이론의 언월도가 움직였고, 그 언월도에 두 명의 병사가 진득한 핏물을 흩뿌리며 사라져 갔다. 그와 함께 그의 양손에 있던 나노 튜브 블레이드가 날아올라 회전하기 시작했다.

카이론이 휘두르는 언월도, 그로부터 솟아난 나노 튜브 블레이드를 막을 수 있는 존재는 없었다. 비명 소리도 들려오지 않았다. 그저 목에 베어지고 검붉은 핏물이 허공을 메우며, 뇌수가 흐르고 뼈가 갈라질 뿐이었다.

"우와아아악!"

카이론은 거대한 함성을 터뜨렸다.

거대한 함성은 바로 옆에서 죽어가는 동료의 비명조차 들려오지 않을 전장의 소음 속에서도 모든 이들의 이목을 한꺼번에 잡아 끌 정도였다.

가슴 속에 담겨진 모든 것을 토해내듯 함성을 내지른 카이론은 타고 있던 말을 박차고 날아올랐다.

"쏴라! 쏴!"

"죽이란 말이다!"

적장이 외쳤다. 까마득한 허공으로 날아오른 카이론이 신형은 그야말로 보기 좋은 타깃이 될 수밖에 없었다. 수십 수백 발의 화살이 카이론을 향해 날아들었다. 마치 허공을 화살로 메꿀 듯한 그러한 기세였다.

카이론의 언월도가 휘둘러졌고, 부메랑처럼 허공을 날아 수십의 병사의 목을 베고 돌아온 나노 튜브 블레이드가 다시 튕기듯이 날아갔다.

콰라라랑!

화살이 부서지고 잘라지고 튕겨졌다. 카이론의 주변에 푸른색의 투명한 막이 생겨났고, 그를 향했던 화살은 맥없이 튕겨져 나가고 있었다.

"저, 저런……."

슈화아아악! 콰아아아앙!

그리고 카이론은 떨어져 내리면서 대지에 언월도를 박아넣었고, 거센 폭풍과 함께 귀청이 떨어져 나갈 것 같은 폭음이 발생했다.

"크하아악!"

"커허억!"

그를 중심으로 한 10여 미터가 진공 상태가 되었다. 그 속에서는 연신 번개가 내리치고 있었다. 그리고 그 번개에 닿는 모든 것은 가루가 되어 사라져 갔다. 자리에서 일어난 카이론은 두 다리에 힘을 가했다.

파아앙!

눈으로 쫓을 수조차 없을 정도로 빠르게 앞으로 치고 나가는 카이론.

거대한 폭발에 정신을 차리지 못하고 있던 기사들과 병사들의 목이 낙엽처럼 떨어졌다. 마치 전신이 인간계에 하강한 듯한 그의 모습.

기사들과 병사들은 입을 벌릴 수밖에 없었다. 인간이 아니었다.

"괴, 괴물……!"

"악마! 악마야……."

병사들은 뒷걸음질 쳤다. 도저히 범접할 수조차 없을 만큼의 강함은 정련되고 정련된 병사들마저 뒷걸음질 치게 만들었다.

"무, 물러서지 마라!"

한 명의 귀족이 말 위에서 그렇게 외쳤다.

푸후우~ 화악!

느릿하게, 아주 느릿하게 병사들을 독려하던 귀족의 목이 베어지며 핏물이 허공을 수놓았다.

그 귀족의 곁에 있던 기사들은 기겁을 했다. 언제 어떻게 자신들이 호위하는 귀족의 목을 베었는지 볼 수 없었다.

"멈춰라!"

일단의 기사들이 카이론을 향해 쇄도했다. 이 상태로 가다가는 병사들의 사기가 형편없이 나락으로 떨어질 것이 분명했다. 그러기 전에 미친 망둥이처럼 날뛰는 적장을 제압해야만 했다.

"놈!"

세 명의 기사. 왼쪽 가슴에 핏빛의 장미가 선명하게 그려진 자들.

자신들이면 충분히 제압할 수 있다고 생각했다. 자신들은 익스퍼트의 기사이니까 말이다. 그리고 그들의 뒤로 또 한 명의 기사가 따라붙었다.

"홀드!"

1서클의 마법. 세 명의 기사를 따라붙은 기사는 마검사였다.

일반 기사보다는 검술적인 면에서 약하고 마법사보다 마

법적인 능력이 약하지만, 이런 전장에서는 충분히 활약할 수 있었다.

강력한 무언가가 카이론의 발을 묶었다. 잠시 멈칫하는 카이론.

쿠우욱!

튼튼한 두 다리에 힘을 줬다. 그에 그의 발을 억제하고 있던 무언가가 툭 끊어져 나가는 느낌을 받았다.

홀드가 풀린 것이었다. 카이론의 시선이 네 명의 기사에게로 향했다.

"어떻게?"

홀드를 건 기사는 눈을 부릅뜨며 입을 쩍 벌렸다. 있을 수 없는 일이었다. 마법을 캔슬시키는 것도 아니고 마법을 파괴해 버린 것이었다. 그저 간단하게 하체에 힘을 주는 것만으로 말이다.

순간 카이론은 어느새 자신의 주변으로 다가온 말을 잡아타고 언월도를 비껴들고 질주하기 시작했다.

그가 가는 곳으로 길이 하나 생겼다.

나파즈 왕국의 병사들은 스스로 대적하지 못하고 길을 비껴선 것이었다.

카이론이 쇄도하는 순간 네 명의 기사도 상대가 결코 만만치 않음을 알아 조심스럽게 그를 에워싸기 시작했다. 그들만 아니었다. 몇몇의 기사와 병사들은 아예 그들 주변을 에워싸고 있었다.

그 말은 즉, 지금 카이론이 있는 곳은 적진 한가운데라는 말이었다. 그는 지금 홀로 길을 가고 있었다. 무려 3만의 병력이 있는 한가운데에 언월도를 비껴들고 오롯하게 존재하고 있었다.

카이론은 그들을 무심하게 바라보며 외쳤다.

"오라!"

"미친놈!"

"죽엇!"

미친놈 맞다.

3만의 한가운데에 서서 두려움조차 보이지 않고 자신들을 도발하고 있는 것이었다. 어떤 기사라 할지라도 감히 그런 말을 내뱉을 수는 없었을 것이다. 그런데 단 한 명이 그렇게 하고 있었다.

내심 감탄도 했다. 나도 저렇게 되고 싶다는 그런 감탄 말이다. 하지만 그 감탄은 곧바로 질투와 시기로 변했다.

"겨우 카테인 왕국놈 주제에……."

"감히 대나파즈 왕국군 한가운데서……."

카이론의 전면에 있던 기사가 득달같이 달려들었다. 카이론은 위에서 아래로 언월도를 내려쳤다. 그저 내려쳤을 뿐이었다. 어떠한 기교도 없이 말이다. 하나, 치고 들어가던 기사는 그 기세의 살벌함에 자신이 공격하고 있다는 것조차 잊은 채 시퍼렇게 살아 움직이는 언월도를 막아갔다.

콰직!

"어?"

쩌적!

언월도를 막아가던 검이 갈라졌다. 검이 떨어져 내렸고, 카이론의 언월도는 기사의 정수리를 쪼개고 있었다. 지극히 단순하고 강맹한 힘에 의해 한 명의 기사가 죽음을 맞이했다. 비현실적인 광경이라 할 수 있었다.

풀 플레이트 메일이라는 것이 힘으로 어찌 해볼 수 있는 것이 아니기 때문이었다.

카이론은 거기에서 멈추지 않았다. 전마가 달려나갔다. 자신을 에워싼 포위망쯤은 아무렇지도 않다는 듯이 그저 일직선으로 달렸다.

그가 향하는 곳은 역시 3만을 지휘하는 본대가 있는 곳. 그가 가는 곳에 길이 열렸다. 그 길은 점점 넓어지고 있었고, 병사들은 그에게 다가가기를 꺼렸다. 아니 그가 다가감에 뒷걸음질 치며 물러났다.

"머, 멈춰라!"

크게 호통을 치며 그를 추격해 온 세 명의 기사와 다시 몇몇의 기사가 그의 가는 길을 막아섰다. 카이론은 그러한 그들을 스치듯 지나갔다. 카이론이 스치는 순간 그들의 몸은 덜컥 굳어졌고, 그가 지나간 후 그들의 몸에서는 피분수가 뿜어져 나오며 조여오던 포위망을 덮쳤다.

"사, 사신……."

누군가가 그를 향해 그리 말을 했다. 그 누군가의 말은 전염병처럼 진중을 훑고 지나갔다. 그를 향해 쇄도하는 것이 아닌 그가 가는 길을 열었다. 하지만 그것으로 끝난 것은 아니었다.

어느새 흩어졌던 예니체리가 모여들었다. 그중 특전대대 1천 명이 그의 뒤를 따르기 시작했다.

1군과 2군으로 나뉜 병력은 어느새 하나로 뭉쳐 적의 심장부로 진격해 들어가기 시작했다.

그 선두에는 불카투스 바엘가르가 있었고 키튼 알카트라즈, 미켈슨 바이에른, 프라이머 엔그로스, 해머슨 카르타고, 시모 하이하가 있었다. 처음부터 그를 따랐던 자이거나 그에 감복하여 스스로 그의 휘하에 든 자들이었다.

1천의 익스퍼트.

그 모습은 장관 중에 장관이라고 할 수 있었다.

"어이고~ 물 반, 고기 반이고만."

수많은 실전으로 단련된 자들. 그리고 수없이 복수를 꿈꾸던 자들. 그들의 독심과 실력이 한데 모이니 원래 가지고 있던 실력보다 더욱 큰 힘을 발휘했고, 그들의 기세는 결코 1천이라는 것을 느낄 수 없을 정도로 당당했다.

그들은 자신들을 둘러싸고 있는 수만의 병력을 압도하고 있었다. 특히 그들은 병사들보다 귀족이나 기사들을 더욱 잔인하게 제거했다. 한 명의 몸에 네 개의 검이 꽂히기도 했다. 그 잔혹한 광경에 병사들은 몸을 떨었다.

비단 병사들만이 아니었다. 상대하는 기사들과 귀족들은 자신도 모르게 전신을 부르르 떨어야만 했다. 어떤 심약한 자는 아랫도리가 축축해질 정도로 그들은 잔인했다.

"악마! 악마의 군대다."

그랬다. 그들은 피를 마시는 악마의 모습 그대로였다. 하지만 그들의 그런 잔인한 모습은 적들에게는 악마의 모습 그자체일지 모르나 아군에게 있어서는 절대적인 아군, 혹은 자신들의 목숨을 지켜주는 하늘의 전사일지도 몰랐다.

그렇다고 해서 그 1천의 특전대대를 다른 예니체리가 나약하느냐 하면 그것도 아니었다. 그들의 전투력은 상상을 초월하고 있었다. 일당백의 정예 병력이 있다면 바로 그들이라 할 수 있을 것이다.

그들의 무기는 획일화되어 있지 않았다. 복장 또한 자유로웠다. 도저히 하나의 단체에 소속된 병사라 할 수 없을 정도의 모습. 하지만 그들의 실력은 진짜였다. 그들은 곡괭이를 휘두르기도 했고, 쇠사슬을 휘두르기도 했다.

심지어는 농노가 사용하는 낫이나 면이 넓은 삽 혹은 쇠스랑을 사용하는 자들까지 있었다. 이들이 정예군인지 아니면 농노군인지 모를 지경이었다.

콰직!

"으흐흐. 이 개새끼들이……."

"여기가 어디라고……."

그들 역시 잔인했다. 자신의 죽음 따위는 안중에도 두지 않는 듯한 그들의 모습. 그리고 거칠었다. 시정잡배보다 더 거칠었다.

"너, 너는?"

슈칵!

말에서 떨어진 한 명의 기사가 자신의 앞으로 다가온 자를 아는 듯 눈을 크게 뜨며 입을 열었다. 병사는 무지막지하게 그의 심장을 찔러 생명의 불씨를 꺼뜨렸다.

"나를 아나? 나는 너를 모르는데?"

"끄륵."

핏물이 쏟아지며 병사의 전신을 적셨다. 하지만 병사는 무표정하게 다른 먹이를 찾아 시선을 돌린 지 오래였다. 그런 경우는 도처에서 벌어지고 있었다. 카테인 왕국과 맞붙어 있는 나파즈 왕국.

그리고 그들은 알카트라즈라는 절대의 감옥을 공유하고 있었다. 현재 예니체리 사단의 1만 2천 구성원 중 3분의 1은 나파즈 왕국의 귀족이나 기사 혹은 그곳 출신의 상인과 용병들이라 할 수 있었다.

"네, 네놈이 어떻게?"

"이런 날이 올지 몰랐던가?"

"훙! 버러지 같은 놈. 결국 네놈이 선택한 것은 카테인 왕국이었더냐?"

"애국심을 바라는가? 나를 버린 왕국이? 웃기는군."

"네놈이 감히……."

"감히란!"

쉬아아악! 카아앙!

"우욱!"

족쇄에 달린 사슬. 그리고 그 사슬 끝에 달린 어린아이 머리통만 한 묵직한 쇠구슬. 쇠구슬과 검이 부딪혔고, 불똥이 튀었다. 기사는 저릿하게 올라오는 감각에 침음을 토해낼 수밖에 없었다.

"나의 한 수조차 받아내지 못한 지금의 네가 사용할 말이 아니다!"

"네놈!"

"날 이곳으로 보내고 겨우 이 정도밖에 안 되었나? 나약하군, 나약해. 내가 이런 나약한 너에게 당했다니 과거의 내가 한심스럽기 그지없군."

진득한 살소를 베어 물며 급급하게 물러나며 얼굴을 찡그리고 있는 기사를 비웃는 자. 그런 자를 보며 기사는 이를 부득 갈아붙였다.

"으득. 감히 네놈이……."

"신이 있긴 있나보군. 그 많은 장소, 그 많은 사람 중에서 이곳에서 너를 만난 것을 보면 말이지."

"죽엇!"

기사는 족쇄를 들고 있던 자가 조금은 방심했다고 생각했는지 지체 없이 검을 찔러갔다. 하지만 족쇄를 든 자는 비릿하게 웃었다.

"크큭. 10년이 지나도 넌 변하지 않았군."

그러면서 오른손에 들고 있던 족쇄를 휘둘렀다.

콰아앙!

"기다렸다. 그리고 고맙다. 너에 대한 모든 것을 끝낼 수 있게 해줘서."

그러면서 다시 왼손에 들고 있던 족쇄를 휘둘렀다. 연속적으로 휘둘러진 족쇄. 기사는 정신없이 검으로 혹은 방패로 족쇄의 쇠구슬을 막아봤지만 별무소용이었다. 쇠사슬이 검을 휘감고 쇠구슬이 기사의 풀 플레이트 메일을 두드렸다.

쾅! 콰앙! 콰앙!

족쇄를 든 사내는 연신 족쇄를 휘둘러 기사의 풀 플레이트 메일과 방패를 두드렸다. 기사는 그 막대한 힘을 견디지 못하고 연신 뒤로 밀려나고 있었다. 기사는 밀려나면서도 주변을 훑어보았지만 난전 중에 자신을 도와줄 이는 없어 보였다.

"크큭! 비열한 놈. 또 네놈이 이용할 이를 찾고 있는가?"

"……."

"더 시간을 가지고 싶다만 시간이 없군. 이제 죽어라!"

쉬아아악!

"아, 안 돼에~!"

기사는 본능적으로 느낄 수 있었다. 이것은 자신이 막아낼 수 있는 것이 아니라는 것을 느꼈다.

꽈가강!

방패를 들어 막아갔지만 방패가 깨져 나갔다. 방패를 깨뜨리고도 그 힘이 아직 남아 있던 쇠구슬은 그대로 기사의 얼굴을 향해 쇄도했다. 기사는 발악적으로 고개를 돌렸으나 또 다른 철구들이 다가오고 있었다.

"어거! 큭!"

퍼걱!

기사는 그대로 얼굴이 함몰되어 버렸다.

"크호호호!"

족쇄를 든 사내는 죽은 기사를 보며 괴소를 흘려냈다. 그러다 빠르게 괴소를 지우고 적병을 향해 쇄도해 들어갔다.

"태어난 곳은 나를 버렸지만 이곳은 나를 받아들였지."

족쇄를 끌고 죽은 기사를 스쳐 지나가며 그가 한 말이었다. 그리고 그는 다시 족쇄를 휘두르며 전장 속으로 파고들었다.

"저, 저……."

낙관하고 있던 전장의 상황이 전혀 예측하지 못한 방향으로 흘러가자 와튼 사단장이나 멀리서 전투 상황을 지켜보고 있던 말론 백작과 코헨 군사장의 놀람은 이루 형언할 수조차 없었다.

"저게… 가능한 일인가?"

"……."

말론 백작의 물음에 코헨 군사장은 아무런 말도 할 수 없었다. 어떻게 저런 상황이 될 수 있는지 알 수 없었다.

3만을 거우 1만이 조금 넘는 병력으로 맞붙었다. 세 배에 가까운 병력과 전면전이라니 말도 안 되는 상황이었으니 당연히 전투를 낙관할 수밖에 없었다.

하지만 막상 뚜껑을 열어보니 아니었다. 압도적이라고 생각했지만 전혀 압도적이지 않았다. 아니 오히려 밀렸다. 그 중심에는 그저 보기에도 위협적인 1천의 익스퍼트의 병력이 있었다. 1천 명에 이르는 익스퍼트라니.

'말도 안 된다.'

결론은 그것이었다.

한 왕국 전체를 통튼다면 가능할지도 몰랐다. 물론, 한 왕국에 존재하는 익스퍼트의 숫자는 더 많았지만, 그들을 모아 한 부대로 만드는 일은 다른 얘기였다.

그리고 그러한 그들의 생각에 쐐기를 박는 또 하나의 요소가 있었으니 바로 그들의 눈앞에 펼쳐진 거대한 불덩어리였다.

"저, 저건……."

"허억!"

파이어 볼이었다.

그들도 알고 있었다. 파이어 볼이 어떤 것인지. 2서클의 마법으로 가장 기본적인 공격 마법 중에 하나이며, 가장 많이 사용하는 마법인 것이었다. 그런 파이어 볼이 과연 저렇게 거대할 수 있을까?

'마치 전설의 헬 파이어가 있었다면 바로 저런 것일까?'

그렇게 느낄 정도였다. 그런 생각을 가지고 있을 때.

콰아아앙!

거대한 폭음이 들려왔다. 그리고 그들의 전신에 뜨거운 화염이 확 밀려드는 것을 느낄 수 있었다.

"크흐음."

나직한 신음을 흘리는 말론 백작.

그는 당장 병력을 움직이고 싶었다. 하지만 병력을 움직여 전장으로 나설 수 없었다. 지금 3만의 병력은 그들이 가용할 수 있는 최대한의 병력이었다.

만약 움직인다면 당장에 배후에 있는 크릭 성의 성문이 열릴 것이며, 윈저드 성, 치크 성, 루센 성의 병력이 치고 들어올 것이다.

그렇게 되면 사방으로 적을 맞이하게 될 것이다. 포위를 하는 것과 포위를 당하는 것의 차이는 엄청나다.

자존심이 상하지만 지금은 발을 빼야만 했다.

"군을… 돌린다."

"어디로."

"루센 성으로."

"명을 따르겠습니다."

코헨 군사장은 별다른 말없이 말론 백작의 말을 받았다. 월등한 병력임에도 불구하고 후퇴를 해야만 했다. 무참했다. 지금까지 살아오는 동안 이 정도로 무참한 마음을 가진 적은 단한 번도 없었다.

마치 불리하면 꼬리를 자르고 도망가는 도마뱀처럼 3만이라는 먹잇감을 던져 주고 도망치는 지금의 상황이 마음에 들지 않았다. 말론 백작은 잠시 전장을 바라봤다.

3만이라는 대병력이 지리멸렬하고 있었다.

"퇴각 명령을 내리게."

"명을 받듭니다."

두두두둥! 두둥! 두두두둥!

퇴각을 알리는 전고가 울렸다. 하지만 모두가 그 전고에 따른 것은 아니었다.

"퇴가악! 퇴각하라!"

"물러서지 마라! 물러서지 마라!"

한편에서는 퇴각하라 외쳤고, 한편에서는 물러서지 말라고 외쳤다.

워릭셔 성 공략을 맡았던 와튼 사단장은 물러날 수 없었다. 그의 얼굴은 비분에 가득 찼고, 눈동자는 핏발이 서 있었다.

슈칵!

"물러서지 말라 했다!"

퇴각하려는 병사를 그대로 베어버린 와튼 사단장이었다.

"사령관께서 퇴각 신호를 주셨소. 어찌……."

"이곳의 지휘관은 나다."

"하나!"

"전장에서 지휘관의 지위는 지엄한 것. 항명이라면 즉참하 겠다."

와튼 사단장의 말에 귀족들과 기사들은 얼굴을 딱딱하게 굳힐 수밖에 없었다. 평소 그의 성정이 다혈질이고 독불장군 이라는 것을 알았지만 패전이 불을 보듯 뻔한 상황에서조차 고집을 부리다니.

"돌겨억! 돌격하라!"

그러거나 말거나 와튼 사단장은 연신 돌격을 외치고 있었 다. 그런 와튼 사단장을 보며 일부 기사들과 귀족들은 뒤로 슬금슬금 물러나고 있었다. 그러한 와중에 마침내 거대한 폭 음이 들려왔다.

콰아아앙!

"크아아악!"

"사, 살려줘어!"

물러나던 기사들과 귀족들은 그 소리에 고개를 돌려 소리 가 난 곳을 보았다. 그곳에는 형편없이 구겨지고 파괴된 병사 들과 기사들이 있었다. 그 와중에 와튼 사단장은 말을 몰아 그곳으로 향하고 있었다.

"내가 나파즈 왕국의 조나단 와튼 자작이다. 적장은 나서 내 검을 받으라!"

그가 향하는 곳에는 카이론이 있었다. 카이론은 자신을 향해 쇄도해 오는 자를 보며 설핏 무의미한 미소를 떠올렸다.

하나, 하나의 선에 불과한 그것이 웃음인지 알아볼 이는 없었다.

카이론은 말을 마주 달려갔다.

"죽어!"

와튼 사단장은 말의 배를 박차 날아올라 곧장 카이론의 정수리를 찍어갔다. 그이 검에는 주황색의 오러 포스가 줄기줄기 뿜어져 나오고 있었고, 원래의 크기보다 더욱 진하고 선명했다.

그것은 그가 현재 최고의 마나를 시전하고 있다는 것을 의미했다. 카이론은 말의 배를 박차 빠르게 전진했고, 언월도를 아래에서 위로, 후방에서 전방으로 둥글게 휘둘렀다.

츄화아아악!

"커허억! 끄륵!"

털썩!

카이론은 떨어져 내리는 와튼 사단장의 곁을 스치듯 지나갈 뿐이었다.

와튼 사단장은 그대로 떨어져 얼굴을 지면에 처박았고, 그이후 꿈틀거리지도 않았다. 엎어진 채 절명한 것이었다.

그의 몸 주변으로 진득한 핏물이 느릿하게 흘러내렸다. 카이론은 언월도를 휘둘러 와튼 사단장의 목을 베어 높이 쳐들었다.

"항복하라!"

그가 외치자 그의 주변에 함께하던 이들이 외쳤다.

"항복하라!"

"항복하라!"

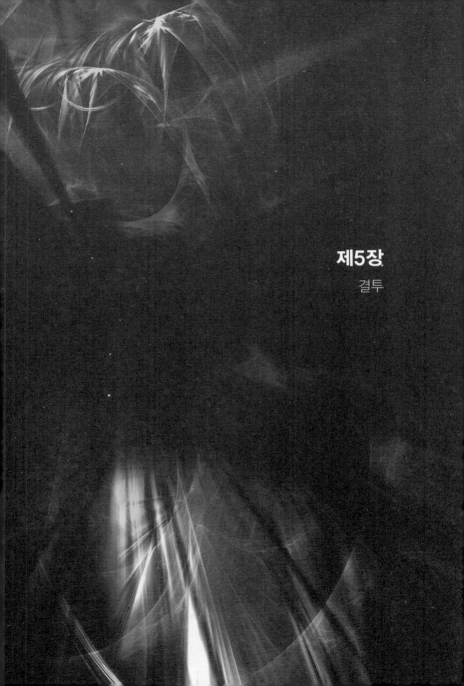

제5장

결투

Warrior

　말론 백작은 후퇴를 하는 도중에도 먹잇감으로 던져 준 3만의 병력을 바라보았다. 압도적인 숫자임에도 불구하고 3만이 완전히 밀렸다. 누군가에게 이 말을 전하면 말도 안 된다고 펄쩍펄쩍 뛸 것이다.

　특히나 2군 사령관으로 있는 아사 팀버레이크 백작이라면 아주 좋은 조롱거리가 생겼다고 할 것이다. 그 생각만 하면 말론 백작은 인상을 잔뜩 찌푸릴 수밖에 없었다. 하지만 그것은 그것이고, 지금 당장에는 적장에 대한 감탄밖에 나오지 않았다.

"어디서 저런 자가……."

"정보에 없는 자들입니다."

"그렇겠지. 알았으면 이렇게 되지 않았을 터이지."

분명 그랬다. 카테인 왕국의 모든 것을 파악하고 세세하게 작전을 마련했다. 뛰어난 전략가들이 머리를 맞대고 말이다.

처음엔 수월하게 성공하나 싶었다. 그 오랜 세월 동안 준비해 왔던 것이 무색할 정도로 말이다.

하나, 의외의 일격을 당했다. 그것도 아주 강력했다.

적장은 치밀하고 과감했다. 그리고 잔인했다. 어둠을 이용할 줄 알았고, 군중의 심리를 이용할 줄 알았다. 또한, 그 기반에는 말도 안 될 정도의 강력한 무력까지 갖춰져 있었다.

"루센 성이 걱정이로군."

"…아마도 걱정하지 않으셔도 될 겁니다."

"확신하나?"

"생각이 있는 자라면 병력을 보존하는 쪽을 택할 것입니다. 지금 이 전투 역시 병력이 모자란 저들이 취할 수 있는 고육지책이라 할 수 있습니다. 만약 뛰어난 군사가 있다면 반드시 후속 병력이 있을 것이라 판단할 것이기 때문입니다."

코헨 군사장의 말에 말론 백작은 고개를 끄덕일 수밖에 없었다. 그의 말이 맞다면 어렵지 않게 후퇴할 수 있을 것이다. 3만을 던져 주고 4만을 살렸다. 최종적으로 6만의 병력을 단

세 번의 전투로 잃은 것이었다.

하지만 사실 치밀할 정도로 잔인한 기습이 아니었다면 실질적으로 단 두 번의 전투로 6만을 잃은 셈이었다. 그 생각을 하자 말론 백작은 자신도 모르게 오금이 저리며 등골이 서늘해지는 느낌을 받았다.

'대체 누구인가?'

알 수 없었다. 미지의 인물. 자신들은 드러나 있고, 적은 드러나지 않았다. 침울할 수밖에 없었다. 그리고 코헨 군사장이 예측한 대로 루센 성의 카테인 왕국군은 성문을 굳게 걸어 잠그고 어떠한 도발조차 시도하지 않았다.

병력을 추슬러 후퇴하는 말론 백작은 감탄하지 않을 수 없었다. 무려 다섯 배나 적은 병력으로 완벽하게 다섯 개의 성을 지켜낸 것이었다.

'역시 넘을 수 없는 벽이던가?'

그랬다.

이곳은 철의 장벽이다. 그 오랜 시간 동안 나파즈 왕국에서 수십 번을 두드렸지만 열리지 않은 거대한 장벽이었던 것이다.

말론 백작이 이끄는 나파즈 왕국군이 처절한 패배감을 안고 철수하는 동안 크릭 성에서는 긴급 지휘관 회의를 가지고 있었다.

긴급 지휘관 회의라고 해봐야 크릭 성에서 나파즈 왕국군을 대파한 후에야 겨우 모습을 드러낸 십여 명의 귀족이 다였다.

지금 그들은 적잖이 당황하고 언짢은 표정으로 대회의실에 앉아 있었다.

평소에는 가장 상석에 예이츠 백작이 앉아 있어야만 하는 것이 정상이었겠지만 지금 그 자리는 텅 비어 있었다.

대신 상석의 좌우로 라마나와 예이츠 백작이 앉아 있었다.

거대한 대회의실에는 귀족과 기사들로 입추의 여지도 없이 꽉 들어찼다. 이번 전투에 참여하지 않았던 귀족과 기사들도 함께 이곳에 들어와 있었기 때문이었다.

하지만 뒤늦게 합류한 귀족들과 기사들은 지금의 이 상황을 쉽게 받아들이려 하지 않았다. 그들이 아는 한 남부의 패자는 바로 예이츠 백작이었다. 그런데 그런 예이츠 백작이 생전 듣도 보도 못한 자의 우측에 착석해 있었다.

"이게 대체 무슨 일인가? 그리고 저들은 또 뭐고 말이야."

중후한 인상의 알리슨 바가우티브 자작이 지금 상황에 대해 이해하지 못하겠다는 듯이 입을 열었다. 그의 말투에는 명백하게 불쾌함이 깃들어 있었다. 그리고 몇몇의 귀족들과 기사들은 그의 말에 동조하듯 고개를 끄덕였다.

"맞소. 지금 가장 상좌에 앉아 있어야 할 분은 예이츠 백작 각하가 아니오?"

지금이 전쟁 중이라고는 하지만 전혀 소식통이 없는 것은 아니었다. 그들 나름대로 어용 상단을 운용하고 있었고, 각 영지에는 도둑 길드라든가 암살 길드가 있어 그곳을 통해 정보를 항상 접하고 있는 그들이었다.

귀족들과 그런 길드들과는 악어와 악어새와 같은 관계라 할 수 있었다. 귀족들의 더러운 일도 처리해 주면서 타 영지의 정보를 취합한다. 그리고 그 대가로 그들은 적당한 이권과 함께 귀족의 비호를 받는 것이었다.

그러하니 이곳의 상황을 모르려야 모를 수 없었다. 전혀 모른다는 듯이 얼굴을 하고 있지만 그들은 어떤 노림수를 가지고 있었다.

그것은 자신들의 전공 문제에 대한 것이었다.

그들은 예이츠 백작이 그들을 호출했을 때 미적거리며 늑장을 부렸다.

그런데 10만이라는 나파즈 왕국군을 보기 좋게 박살내 버렸다. 그것도 3만에 가까운 사상자와 그만큼의 포로를 잡으면서 말이다. 다른 것은 몰라도 이것은 참으로 탐나는 전과였다. 다섯 배가 넘는 적을 보기 좋게 격퇴했으니 말이다.

그들이 생각하기엔 예이츠 백작이라면 자신들을 탓하더라

도 내칠 수는 없을 것 같았다. 전쟁은 아직 끝나지 않았고, 이후로도 그가 남부의 종주로 있고 싶다면 말이다.

그런 계산하에 그들은 적당하게 지금의 상황을 뒤흔들 방도를 생각해 낸 것이었다.

바로 다시 예이츠 백작을 그들의 중심으로 올리는 것.

예이츠 백작에게 명예를 주고 전공을 나누는 것이다. 그 중심에는 역시 지금 첫 한마디를 내뱉은 알리슨 바가우티브 자작이 있었다.

하지만 그들의 그런 논쟁에 예이츠 백작은 입을 굳게 닫고 아무런 대응조차 하지 않았다. 심지어는 예이츠 백작의 가신으로 있는 귀족이나 기사들마저 아무런 말을 하지 않았다.

그런 그들의 행동에 약간은 이상한 느낌이 들었던지 안색을 살짝 굳히는 바가우티브 자작이었다.

뭔가 단단하게 묶인 것 같은 그들의 행동. 왠지 모를 위화감을 느끼기에 충분했다. 평소 자신과 교류를 자주 했던 예이츠 백작의 가신인 크루즈 남작조차도 그에게 시선을 돌리지 않고 있었다.

그들이 자신의 의견에 동조해 오지 않으니 자연스럽게 바가우티브 자작을 비롯한 귀족들은 입을 닫을 수밖에 없었다. 그리고 자신도 모르게 위축되는 것을 느꼈다. 그에 자신도 모르게 주변의 눈치를 살피게 되었다.

"상황이 이상하게 돌아가는 것 같소."

"그, 그러게 말이오."

바가우티브 자작의 곁에서 그의 말에 동조했던 조셉 베나데스 자작이 지금의 냉랭한 상황이 적응되지 않는 듯 말을 더듬거리며 입을 열었다. 약간의 질책이 있을 것이라는 것은 예상치 못한 바가 아니었다.

그런데 설마 이 정도로 냉랭할 줄은 몰랐다. 한편으로는 잘못 왔다는 생각이, 한편으로는 여지의 병력을 남겨두고 오길 잘했다는 생각이 들었다.

받아주지 않으면 돌아가면 그만이었다. 공이 탐나기는 하지만 정국이 어수선한 가운데 몸을 아껴야만 했으니 말이다.

여차하면 이 자리를 벗어나면 그만이었다. 대동한 병력이라 봐야 얼마 되지 않으니까 말이다. 그렇게 이런저런 상념에 잠겨 있을 때 대회의실의 문이 열리면서 두 명이 들어왔다.

한 명은 여자였고 한 명은 남자였는데 남자는 실로 보기 드문 체구였다.

남자는 대회의실에 들어오고 있음에도 불구하고 검은색의 풀 플레이트 메일을 그대로 착용하고 있었고, 섬뜩하게 빛나는 기형의 언월도를 등 뒤에 갈무리하고 있었다.

늦게 도착한 귀족들과 기사들은 자신들에게 무력시위를

하는 듯한 섬뜩함에 눈살을 찌푸렸다.

하지만 함부로 입을 열지 않았다.

자신들은 귀족이다. 대회의실에 착석하지도 않은 이에게 호통을 칠 정도로 경우 없지 않았다.

카이론이 마침내 자리에 착석하자 바가우티브 자작이 진중하게 입을 열었다.

"이곳은 회의를 하기 위한 장소입니다만……."

바가우티브 자작의 말에 카이론의 시선이 그에게로 향했다. 그리고 그의 입에서 흘러나온 말은 참으로 의외의 것이었다.

"그래서?"

바가우티브 자작과 카이론의 시선이 정면으로 부딪혔다. 바가우티브 자작은 약세를 보이기 싫어서인지 카이론의 시선을 회피하지 않았다.

"무릇 귀족은 그에 합당한 예를 지켜야 합니다. 이곳은 대회의실. 당연히 무장을 삼가는 것이 옳을 줄 압니다."

"그렇소. 이곳에 있어서는 아니 될 사람이 있는 것은 또 무엇입니까?"

바가우티브 자작의 말에 동조하며 베나데스 자작이 입을 열었다.

그들은 상당히 불쾌한 표정을 짓고 있었다. 도저히 있을 수 없는 일이 두 번씩이나 일어난 것에 대해서 말이다.

"난 당신들의 도움이 필요 없다."

"뭐, 뭣?"

"다, 당신?"

카이론의 답에 둘의 표정은 일그러질 대로 일그러졌다. 귀작도 아니고 귀하도 아니고 그저 당신이란다.

"묻겠다. 지금이 평시인가 전시인가?"

"그, 그야⋯⋯."

그들이 무슨 반론을 제시하기도 전에 카이론이 다시 입을 열었다. 그 물음에 뒤늦게 도착한 귀족들은 말을 더듬을 수밖에 없었다.

"전시지. 한데 그것이 무장하고 여자와 대회의실에 참석하는 것과 대체 무슨 상관이란 말이오."

이번에는 윌리스 게이트 자작이었다.

"당신들이 느릿하게 오는 동안 우리들은 이곳에서 피를 흘렸다. 게다가 적은 아직 물러나지 않았다. 모르나? 전쟁에 남녀가 어디 있고, 전시에 갑옷을 입는 게 뭐가 잘못이란 말인가?"

"하나 분명한 것은 우리는 귀하를 돕기 위해 온 원군이란 것이오. 원군에게 이런 대접을 하는 것은 말도 안 되는 것임을 모르지는 않을 것 아니오? 그리고 저 여기사가 아무리 실력이 출중하다 한들 어디 여느 기사와 같은 몫을 할 수 있단 말이오? 아무리 잘났다고 해도 신체적인 한계는 어쩔 수 없는 법이오."

다시 게이트 자작이 입을 열었다. 그에 뒤늦게 도착한 귀족들은 당연하다는 듯이 고개를 끄덕였다.

"그 말… 책임질 수 있나?"

"책임? 무슨 책임 말이오."

그때 조용히 앉아 있던 캐슬린이 손에 착용하고 있던 장갑을 벗어 게이트 자작을 향해 던지며 나긋하게 외쳤다.

"기사로서 기사의 명예를 더럽힌 바, 하비에르의 윌리스 게이트 자작에게 캐슬린 맥그로우가 결투를 신청하는 바입니다."

캐슬린의 외침에 자신의 얼굴에 맞고 떨어진 장갑을 움켜쥐던 게이트 자작이 이를 부득 갈아붙이며 입을 열었다.

"오냐. 이년! 너의 결투를 받아들인다."

그렇지 않아도 눈에 거슬렸는데 결투를 신청하자 옳다구나 하며 받아들이는 게이트 자작. 그는 자리를 박차고 일어나며 주변을 쓸어보며 입을 열었다.

"모두 들었을 것이오. 본 작은 저년을 결투에서 용서하지 않을 것이오. 여기 계신 모든 분들이 증언하여야 할 것이오."

그런 그를 보며 카이론이 먼저 일어났다.

"일어나지. 본관 뒤에 연무장이 있더군."

지극히 담담한 말. 자신의 휘하에 있는 기사가 모욕을 당했다면 당연히 분노의 내심을 드러내야 할 것이나 카이론은 아무렇지도 않은 듯 담담해 보이기까지 했다. 그것은 정작 결투를 신청한 캐슬린 또한 마찬가지였다.

그 둘뿐만 아니라 모든 이들이 그러했다. 전혀 걱정하지 않는 그런 모습이었다.

그런 그들의 태도를 이상하게 여긴 보그 남작은 고개를 갸웃했다. 뭔가 위화감이 느껴지고 있었기 때문이었다.

어쩌면 이것이 의도적으로 일어난 일이 아닐까 하는 생각이 들 정도였다. 하지만 그렇다고 하기에는 너무도 자연스러웠다.

게다가 게이트 자작이 지목한 기사는 여자였다. 그것도 호리호리한. 도저히 전투에 나설 이처럼 보이지 않았다.

한마디로 만만했고, 게다가 아름답기까지 했다. 눈이 부실 정도로 말이다.

이런 전장의 대회의실이 아닌 사교 파티에서 만났더라면 수없이 많은 귀족이 그녀에게 다가가 침을 흘렸을 정도로 말이다.

그런데 말이다. 너무 담담했다.

그녀를 바라보는 여타 기사들과 귀족들의 눈에는 믿음이

가득했고, 오히려 수작을 부린 게이트 남작을 불쌍하다는 듯이 바라보고 있었다.

보그 남작은 게이트 자작이 왜 그녀를 물고 늘어지는지 너무나도 정확하게 알고 있었다.

이곳에서 그녀가 가장 약해 보였으니까. 명분과 상관없이 실제는 가장 연약해 보였기에 그녀를 물고 늘어진 것이었다. 그렇게 함으로써 자신의 존재감을 드러내고 확고하게 자리를 잡고자 하는 노림수였다.

어찌 되었든 대회의실에 있던 기사들과 귀족들은 카이론이 이끄는 대로 본관 후원에 자리 잡는 연무장으로 자리를 옮겼다.

뒤늦게 구원군을 이끌고 크릭 성에 도달한 귀족들과 기사들은 이 흥미로운 구경거리에 잔뜩 기대하고 있었다.

그리고 그들은 승리를 믿어 의심치 않았다. 또한, 사태가 이렇게 이르기까지 아무런 조치도 취하지 않는 카이론을 어리석다 생각했다.

아무리 강해도 여자는 여자다. 설사 익스퍼트의 경지에 이르러도 신체적인 역량은 남자에 비해 밀릴 수밖에 없는 것이다.

그들이 자리에 앉기 전부터 이미 캐슬린은 연무장의 중앙에 자리 잡고 있었다. 180㎝에 이르는 신장과 하늘거리며 허리까지 내려오는 풍성한 머리카락. 그리고 비스듬하게 끌고 있는 거대하고 기형적인 클레이모어.

그 모습만으로 한 폭의 그림이라 할 수 있었다. 몇몇 귀족과 기사들은 그러한 캐슬린의 모습에 마른침을 삼키기도 했다. 어떤 이는 자신도 모르고 입술에 침을 바르기도 했으며, 음험한 웃음을 떠올리기도 했다.

그때 게이트 자작은 연무장으로 나서지 않고 입을 열어 외쳤다.

"그대는 기사, 본 작은 자작. 그대의 결투를 받아들였으나 결투에 앞서 본 작에게 결투를 신청할 자격을 논하고자 한다. 이에 본 작은 본 작의 휘하에 있는 기사 셋과 대적해 승리한다면 본 작에게 도전할 수 있는 자격을 허락하겠다."

솔직히 말도 안 되는 억지라 할 수 있었다. 캐슬린이 결투를 신청한 것은 게이트 자작이지 그 휘하에 있는 기사들이 아니었으니까 말이다. 평소였다면 당장에 말도 안 된다하며 딴죽을 걸었을 후발 구원군의 기사들과 귀족들이 당연하다는 듯이 고개를 끄덕였다.

캐슬린은 그렇게 말을 하며 진득한 미소를 떠올리고 있는 게이트 자작을 멀뚱하게 바라보았다. 그러다 시선을 돌려 카이론을 보았다.

"믿는다."

단 한마디였다. 그에 캐슬린은 미미하게 고개를 끄덕였다.

"승낙하지."

게이트 자작은 여전히 덤덤한 캐슬린의 태도에 미간을 찌푸렸다.

"지금이라도 무릎 꿇고 사죄를 한다면 이 결투는 없었던 것으로 하겠다."

그때 조용히 상황을 지켜보던 카이론이 나직하게 입을 열었다.

"결투는 당사자의 몫. 작위나 직위와는 관계없음을 알 것이다. 더 이상 나의 기사를 모욕한다면 본 사령관이 나설 것이다."

순간 게이트 자작은 싸늘함을 느꼈다. 그저 초겨울의 그런 싸늘함이 아니라 핏줄기까지 얼어붙는 듯한 그런 싸늘함이었다.

'제, 제길.'

그는 어금니를 깨물었다. 듣기로 알카트라즈의 죄수였다고 했다. 그리고 지금은 복권되어서 겨우 남작의 작위를 얻었다고 했다.

한데, 그에게서 풍겨 나오는 기세는 작위를 뛰어넘고 있었다.

그 점이 오히려 게이트 자작의 반발심을 키우고 있었다.

그는 결코 카이론의 아래에 소속될 생각이 없었다.

자신은 영지를 가진 정통 귀족. 고작 영지도 없고, 죄수였던 자에게 머리를 숙일 신분이 아니었다. 그래서 꼬투리를 잡았다. 그의 자격 없음을 밝히기 위해서 말이다.

그런데 시작부터 꼬이고 있었다.

자신의 주장에 동조해야 할 자들이 방관으로 일관하고 상대의 기세는 생각보다 강했다.

'계집 주제에⋯⋯.'

그의 시선이 캐슬린을 향했다. 그리고 자신의 곁에 있는 기사를 향했고, 그는 고개를 끄덕였다. 출전을 허락한다는 의미였다.

그에 기사는 기다렸다는 듯이 진득한 미소를 떠올리며 가슴을 툭툭 치며 연무장의 중앙으로 나섰다.

"크흐흐!"

기사는 웃었다. 그는 보라는 듯이 혀로 입술을 핥았다. 그리고 자신의 사타구니를 만졌다.

"예뻐해 주지."

"준비는 되었나?"

기사의 찐득한 발언에 캐슬린은 나직하게 물었다.

"준비? 무슨 준비 말인가? 사람이 너무 많이 보고 있는데 말이지… 이런 것을 좋아하나 보군."

"죽을 준비."

그 말을 내뱉은 캐슬린이 움직였다.

살랑!

바람이 불었다. 그 순간 기사는 시원하다는 느낌을 받았다.

뜨끔!

목에서 따끔한 느낌이 들었다.

'어?'

목소리가 나오지 않았다. 기사는 자신의 목에 손을 대었다.

진득한 무언가가 느껴졌다.

목을 훑은 그는 손가락을 들어 자신의 눈앞으로 가져갔다. 그리고 눈이 부릅떠졌다. 하지만 그의 입에서는 어떤 소리조차 나오지 않았다.

투우욱!

기사의 목이 연무장으로 떨어졌다. 그리고 느릿하게 기사의 몸이 허물어졌다.

쿠우웅!

둔중한 소리가 들려왔다. 그리고 뒤늦게 기사의 목에서는 진득한 핏물이 흘러나와 연무장의 흙과 뒤엉키고 있었다.

"저, 저……."

지금 이 순간 게이트 자작은 무슨 말을 해야 할지 몰라 그저 같은 말만 반복할 뿐이었다. 실로 어처구니없는 상황이었다.

무엇 하나 제대로 해보지 못하고, 계집년의 얼굴에 혹해 죽임을 당하다니.

"끄응……! 미친놈, 결투에서 밝히기는. 경이 나가게."

"명을 따릅니다."

게이트 자작은 지금 상황을 인정하지 않았다. 평소에도 실력을 믿고 안하무인의 행동을 종종했던 그였다. 같은 동료 중에서조차 그의 난봉꾼 기질을 탐탁지 않게 여긴 자가 많았다. 하지만 게이트 자작은 별로 신경 쓰지 않았다.

남자로서 열 첩을 마다할 이유가 없었으니까 말이다. 또한 그만큼 정열적으로 임무에 임하니 충분히 인정해 줄 만했다. 하지만 자리가 자리인 만큼 오늘은 방심하지 말았어야 했다. 그 방심의 대가가 고작 계집년에게 목숨을 잃는 사태로 드러났으니까 말이다.

하지만 이런 요행이 두 번은 없을 것이다. 다음 기사가 연무장의 중심으로 나서고 있었기 때문이었다. 게이트 자작은 연무장에 나서는 기사의 듬직한 모습을 보며 흐뭇한 웃음을 지었다.

"계집이라 해서 봐주진 않을 것이다."

"그런가? 고맙군."

기사의 말에 덤덤하게 대답하는 캐슬린. 그녀는 계집이란 말에 흔들리지 않았다. 중요한 것은 그것이 아니었다.

자신은 이미 예니체리 사단 내에서 확고하게 자리 잡고 있었다. 자신과 폴린 노르딘의 활약 덕분에 예니체리 사단 내에서는 그 어느 누구도 여자를 비하하지 않았다. 물론, 그 속마음이야 어떨지 모르나 중요한 것은 그들이 둘을 인정하고 있다는 것이다.

캐슬린은 왼손을 들어 올려 손가락으로 기사를 가리켰다.

그리고.

까딱! 까딱!

"계집년!"

그러한 캐슬린의 행동에 단박에 분노한 감정을 드러내며 짓씹듯이 외치는 기사. 기사는 앞뒤 가리지 않고 득달같이 캐슬린을 향해 쇄도했다. 그 모습에 캐슬린의 입가에는 상큼한 미소가 걸렸다.

"고맙군. 얕잡아 봐줘서. 하지만 그 대가는……."

타다닷!

캐슬린은 쭉 뻗은 두 다리에 힘을 가했다. 그녀를 따라 끌리던 클레이모어가 연무장의 바닥을 가르며 아래에서 위로 그어 올려졌다.

까가강!

"크흡!"

날카로운 소리. 순간 기사는 손아귀에 전해져 오는 통증에 숨을 들이켰다. 도저히 여자에게서 나올 수 있는 그런 힘이 아니었다.

잠시 주춤한 사이, 어느새 허공으로 떠오른 캐슬린의 검이 기사의 정수리를 향해 떨어져 내렸다.

퐈아앙!

폭음이 들렸다.

"크흡!"

다시 답답한 소리를 내며 무릎을 구부리는 기사. 예상치 못한 충격에 무릎을 꿇을 뻔했다. 하지만 기사는 그것을 견뎌내고 있었다.

"제법!"

"이익! 가, 감히!"

굽혀지려던 무릎을 펴는 순간 캐슬린의 나긋한 목소리가 기사의 귀에 들려왔다. 가슴 속에서 천불이 일어나는 기사가 그녀를 향해 제드버그 액스(갈고리가 달린 배틀액스)를 찔러들었다.

하지만 기사의 공격은 성공하지 못했다.

콰아앙!

"크허억!"

그보다 먼저 그녀가 공격했다. 아니 공격이라기보다는 그저 귀찮다는 듯이 기사의 옆구리를 후려치고 있었다. 그것도 검면으로 말이다.

콰지지직!

기사는 급급하게 제드버그 액스를 틀어 옆구리를 틀어막았다. 하나, 그 굉렬한 충격을 흘리기에는 감당할 수 없었던가?

거대한 폭음과 함께 기사는 발을 끌며 옆으로 밀려났다. 하지만 캐슬린의 공격은 거기에서 그치지 않았다.

다시 기사의 옆구리를 후려쳤다.

콰아앙!

"크흐윽!"

답답한 신음성을 내며 이번에는 연무장에 그대로 굴러 버리는 기사였다. 스스로 구르고 싶어서 구른 것이 아닌, 감당할 수 없는 힘에 의해 굴러가는 모습이었다.

기사는 뼛속까지 시려오는 충격에 정신을 차리고자 노력했다.

구르는 그 순간에도 다음 공격을 막아내고자 방어 자세를 취했다. 그는 본능적으로 옆면을 바라보았다. 하지만 그의 감각에 걸리는 것은 머리 위였다.

"흐억!"

콰아앙!

엉거주춤 일어나던 기사는 제드버그 액스를 들어 비스듬하게 막아 공격을 흘렸다. 하지만 역시 충격을 모두 흘릴 수는 없었다. 다시 무릎이 굽혀졌다. 그 위로 다시 클레이모어가 내려쳐졌다.

콰아앙!

"크흡!"

결국 무릎을 꿇었다. 하지만 캐슬린은 멈추지 않았다. 아니, 그때부터 시작이었다.

머리, 어깨, 허리, 다리 할 것 없이 가차 없이 두들기기 시작했다. 검날이 아닌 검면으로. 이것은 치욕 중에 치욕이었다.

캐슬린은 무표정했다. 기계적으로 반복하고 있었다.

기사의 제드버그 액스가 금이 가기 시작했다. 멋들어지고 번쩍이던 풀 플레이트 메일이 깨지고 움푹 움푹 파이기 시작했다. 그리고 종내에는 그가 자랑하던 재드버그 액스가 두 동강이 나고, 풀 플레이트 메일은 박살 났다.

"저, 저……."

게이트 자작을 비롯한 그녀를 계집이라 폄하하던 귀족들

과 기사들은 이 기가 막힌 상황에 그저 입을 벌리고 같은 말만 되풀이 할 뿐이었다.

지금 개처럼 두들겨 맞고 있는 기사의 이름은 로키 펠러.

익스퍼트 하급의 기사이자 검술 실력 또한 남다른 바가 있는 기사였다. 변방 영주의 기사로서 결코 만만치 않은 실력을 지닌 자가 바로 그였다. 그런데 그러한 자가 단 한 번의 반항조차 하지 못한 채 두들겨 맞고 있었다.

그리고 더욱 경악할 일은 로키 펠러는 전혀 방심하지 않았다는 것이다. 계집이라 말을 하면서도 양보하지 않고 선공을 시도했다는 것 자체가 바로 그 증거였다.

그런데…….

개처럼 맞고 있었다. 잔뜩 웅크린 채 저항조차 하지 못하고… 신음조차 내지 못하고 있었다. 이미 깨진 풀 플레이트 메일은 그가 방어하는 데에 어떤 이점도 제공하고 있지 못했다. 언뜻 언뜻 핏물이 베어 나오는 것을 보면은 말이다.

"주, 중지이~!"

누군가 외쳤다. 그런 누군가를 흘깃 바라본 캐슬린. 하나 그녀의 클레이모어는 여전히 멈추지 않았다.

"이, 이미 저항 능력이 없는 자요!"

콰앙!

풀썩!

마지막으로 기사를 한 손이 아닌 두 손으로 후려친 캐슬린. 그에 마치 끈 떨어진 연처럼 몇 미터를 날아가 털썩 떨어져 정신을 잃어버린 기사. 아니 진즉부터 정신을 잃었음에 틀림없었다. 단지 그가 살아 있다는 것은 미약하게 일렁이고 있는 가슴의 기복으로 알 수 있었다.

캐슬린의 클레이모어가 자신을 향해 외친 자를 향해졌다. 그리고 그녀가 입을 열었다.

"결투가 장난인가?"

"그……."

"결투를 입에 담았다면 목숨을 내놓아야 하는 것으로 알고 있다."

"……."

그녀에게 외친 자는 아무런 말도 할 수 없었다. 그녀의 말이 정답이었기 때문이었다. 그리고 그 중간에 누구도 함부로 난입할 수 없었다. 그런데 자신은 그것을 어겼다. 그런 그자를 일별한 캐슬린이 다시 외쳤다.

"다음!"

그에 긴장한 채 한 명의 기사가 앞으로 나섰다. 캐슬린의 시선과 그 기사의 시선이 부딪혔다. 조금 전 그녀에게 외쳤던 기사였다.

"전투 지원 연대장 캐슬린 맥그로우다."

"하비에르의 윌리스 게이트 자작 휘하, 방패 기사단의 기사 챨스턴 몽고메리입니다."

"선공을 양보하지."

캐슬린은 당당했다. 그에 챨스턴은 고개를 끄덕였다. 그녀는 충분히 오만할 만했다. 그에 챨스턴은 그녀를 경시하지 않고 워해머와 카이트 실드를 움켜쥐고 한 발, 한 발 앞으로 전진했다.

이미 그녀의 실력을 보았다. 신중에 신중을 기해도 결코 그녀를 어찌 해볼 수 있는 실력이 아님을 챨스턴은 느끼고 있었기 때문이었다.

"나는 적이다. 적에게 그런 신중함이 필요한가?"

"……!"

신중함은 좋으나 전장에서는 신중함보다는 포악함이 중요하다는 것을 말하고 있는 것이었다. 과감한 판단이 전장에서 목숨을 살리는 경우가 더 많다. 전장은 생각할 시간을 주지 않으니까 말이다.

그 말은 자신을 적으로 생각하라는 말이었다. 적이 아니면 목숨을 걸지 못한다. 적은 내가 죽이지 않으면 내가 죽음이니 생명이 경각에 달렸음에 자신의 모든 것을 드러낼 수 있기 때문이었다.

캐슬린과 챨스턴의 시선이 부딪혔다. 순간 챨스턴은 눈을 내리깔 수밖에 없었다. 도저히 캐슬린의 시선을 마주할 자신이 없었던 것이다.

"돌아가라."

"하지만!'

챨스턴의 기세가 변했다. 그에 캐슬린 역시 클레이모어를 꾸욱 움켜잡았다. 그의 결심을 읽은 탓이었다. 마다할 그녀가 아니었다.

"기사로서 물러설 수는 없는 법… 가르침을 바랍니다. 타핫!'

방패를 앞으로 하고 급작스럽게 전진하며 달려드는 챨스턴.

떠더덩!

그에 캐슬린은 챨스턴의 방패를 두드리며 슬쩍 몸을 비틀었다. 그러자 기다렸다는 듯이 챨스턴의 워해머가 그녀의 가슴 어림을 향해 쇄도했다.

가장 피하거나 막기가 까다로운 곳으로 노리고 들어오는 것이었다.

하지만…….

까앙!

막혔다. 캐슬린은 그저 클레이모어의 넓은 면으로 그의 워해머를 막을 뿐이었다. 그리고 회전 반경을 최소한으로 하여 클레이모어를 돌려 챨스턴의 정수리를 내려쳤다.

막아내고 공격해 들어가는 것이 거의 동시에 이루어지고 있었다.

"흡!"

그 두 연계 동작에 챨스턴은 급급하게 뒤로 물러섰으나 마치 끈으로 연결된 것처럼 그를 따라가며 슬쩍 발을 움직여 그의 발목을 슬쩍 걸고 연이어 오금을 툭툭 건드렸다. 그에 중심을 잃고 연무장에 나뒹구는 챨스턴.

위기임을 안 챨스턴이 빠르게 몸을 재정비하려 했다. 하나, 어느새 캐슬린의 클레이모어의 검끝이 그의 목젖에 닿아 있었다.

"졌… 습니다."

"하체가 약하다."

그 말을 남기고 다시 본래의 자리로 돌아가는 캐슬린. 자리로 돌아온 캐슬린이 게이트 자작을 바라보았다. 그에 게이트 자작은 나직하게 신음성을 냈다.

세 명의 기사와 대결을 벌였음에도 불구하고 여전히 숨소리조차 거칠어지지 않은 캐슬린이었다.

"이쯤하면 되었지 않소? 그녀가 자격이 있음을 증명했으니 말이오."

그때 누군가가 게이트 자작을 두둔하고 나섰다.

"맞소. 같이 힘을 합해 적을 물리쳐야 할 시기에 자중지란이라니 있을 수 없는 일이오."

한 명이 두둔하고 나서자 어정쩡하게 있던 귀족들과 기사들이 나서 여기저기에서 그를 두둔하고 나섰다.

그때 카이론이 자리에서 일어났다. 그리고 연무장을 가로질러 게이트 자작과 그를 두둔하는 귀족들과 기사들의 전면에 섰다.

"누가 그대들을 아군이라 했나?"

"그것이 무슨 말이오? 우리가 적이라는 말이오?"

불쾌하다는 듯 바가우티브 자작이 카이론에게 물었다. 그런 바가우티브 자작을 뚫어지게 바라보며 카이론이 입을 열었다.

"캐슬린 맥그로우 전투 지원 연대장은 나의 휘하에 있는 기사지. 그녀를 불신한다는 것은 나를 불신하는 것이고, 나를 불신하는 것은 곧 예니체리 사단을 불신하는 것이며, 나아가 국왕 전하의 명령을 불신하는 말이 되지."

카이론의 말에 놀란 듯 입을 여는 바가우티브 자작이었다.

"그것이 말도 안 되는 억지란 말이오?"

"그래서?"

"무슨?"

"그래서 그대들의 말은 억지가 아니란 말인가?"

"아니, 그……."

카이론은 귀족들과 기사들을 훑어보았다. 그리고 다시 입을 열었다.

"나에게는 귀족이 필요한 것이 아니다."

"……."

"나에게는 검과 기사, 그리고 병력이 필요하다."

"정녕 그것이 사령관의 뜻인 것이오?"

"그렇다. 나의 뜻이다."

귀족들과 기사들은 침음을 흘렸다. 애초에 협상이나 정치력 따위는 필요도 없었다. 식사를 줄 사람은 생각도 하지 않는데 먼저 스프를 마신 꼴이었다. 지금 카이론은 오로지 충성과 복종을 강요하고 있는 것이었다.

"나는… 그렇게 못 하겠소."

게이트 자작이 입을 열었다. 그런 게이트 자작을 바라보던 카이론이 조용하게 입을 열었다.

"당신은 애초에 열외다."

"무슨 말이오?"

"내 부하의 명예는 어떻게 할 것인가?"

"그……."

그제야 자신은 지금 결투 신청을 받은 상태라는 것을 알았다. 그의 시선이 카이론의 뒤에 그림처럼 서 있는 캐슬린을 바라보았다. 단 몇 초 만에 수십 번 얼굴이 변하는 게이트 자작이었다.

"미… 안하오."

"나에게 할 말은 아니로군. 또한!"

카이론의 말은 아직 끝나지 않았다.

"부하를 거느린 자로서 부하의 명예를 지켜주지 못한 지휘관은 지휘관으로서 자격이 있는가?"

카이론은 게이트 자작의 눈동자를 깊숙하게 들여다보았다. 카이론의 말에 게이트 자작은 어떤 말조차 할 수 없었다.

"그래서 어떻게 하자는 것이오?"

"어떤가? 그대가 말하는 일개 계집년과의 드잡이질보다는 그래도 사령관인 나와 결투를 해 보는 것이."

그 순간 수없이 많은 생각이 게이트 자작의 머릿속을 헤집고 다녔다.

달콤한 꿀과 같은 제안이었다. 자신이 질 거라고는 생각지 않았지만 만에 하나라도 계집년에게 패배를 당한다면 자신은 얼굴을 들고 다닐 수 없게 될 것이다.

하지만 사령관이라면 다르다. 져도 적당한 명분이 서는 것이다. 그는 슬쩍 주변을 훑어보았다. 다른 귀족들도 역시 그렇게 생각하는 모양이었다.

"좋소."

그에 흔쾌히 수락하는 게이트 자작이었다. 자신은 익스퍼트 중급의 실력자다. 상대가 비록 생각보다 강하다고 해도, 치열하게 싸운 후 기사답게 패배를 인정한다면 좋게 끝날 수 있었다.

자신이 나름의 세력을 형성하고 다른 귀족들의 지지를 받는 것 역시 이와 같은 실력과 처신을 해왔기 때문이었다.

"주군, 하지만!"

방패 기사단의 단장 쏘론이 무언가 말리려하는 모양새를 취했다. 게이트 자작은 손을 들어 그의 말을 막았다.

"귀족은 자신이 한 말은 반드시 지켜야 한다."

"끄응. 어쩔 수 없지요."

그에 한발 물러서는 쏘론 기사단장. 누가 보아도 마치 잘 짜여진 연극을 보고 있는 것 같은 느낌이었다.

연무장의 반대편에 서 있던 키튼은 그 소리를 들었던지 자신의 팔뚝을 벅벅 긁어대고 있었다.

"귀족들은 확실히 특이한 종족임에 분명해. 어떻게 저런 간지러운 연극을 얼굴색도 안 변하고 할 수 있는 거지?"

"그래서 귀족이라는 겁니다. 귀족은 두 개의 얼굴이 있다고 하지요. 남을 대하는 얼굴과 자신만이 아는 얼굴 말입니다."

키튼의 곁에서 폴린이 입을 열었다. 그런 폴린을 빤히 보는 키튼. 그런 그의 시선이 어색했는지 잠시 머뭇거리는 폴린이었다.

"그 '다나까' 는 뺄 수 없나?"

"공무 중 아닙니까?"

"그래도 둘인데……."

"어디가 둘입니까? 적어도 수십은 되는데 말입니다."

주변을 둘러보는 폴린. 그녀의 말대로 수많은 시선이 키튼을 향하고 있었다. 그에 키튼은 어깨를 으쓱해 보이며 심각한 표정으로 입을 열었다.

"그런데 말이야, 조금 이상하지 않아? 분명 대장이 나서는 것이 맞는 순서인데… 느낌이 이상해."

"무슨 느낌 말입니까?"

"저 둘."

"무슨 의미인지 모르겠습니다."

키튼이 가리킨 것은 카이론과 캐슬린이었다. 하지만 폴린은 무슨 말인지 모르겠다는 표정이었다.

지금 상황은 당연히 카이론이 나서야 할 차례였다. 그들도 알고 있었다. 카이론은 수평적인 것을 원하지 않는다는 것을 말이다.

지금은 명령 체계를 세우는 것이 우선이었다. 빠른 시간에 전력을 한데 모아 적들을 깨부숴야만 했다.

이런 상황에서 양해를 구하고 덕으로써 그들을 규합하기에는 너무나도 시간이 걸렸다. 또한 현재 카이론에게는 그만한 인지도가 없고 말이다.

누군가를 희생양으로 삼아야만 했다. 그리고 그 희생양이 나타났고 말이다.

이것은 여기 있는 이들이라면 누구나 아는 상황이었다. 적어도 여기 있는 이들은 전략이나 전술쯤은 생각할 머리를 가지고 있는 이들이었으니까.

그런데 무슨 느낌을 말하는 것인가? 곰곰이 생각해 보던 폴린이 입을 열었다.

"일부러 접점을 만들려고 떠넘기는 것 같습니다."

"그, 그야 뭐……."

폴린의 말에 키튼은 그녀를 흘깃거리며 볼을 붉혔다. 맞다. 굳이 앞서 캐슬린이 나서지 않아도 되었다. 카이론이 나서면 만사 끝인데, 그럴 필요가 있었을까?

이렇게 억지로 상대방과 연결시켜 접점을 만드는 전술은 역시 키튼이 폴린에게 썼던 방법이었다.

폴린이 말하는 것은 바로 그것을 말함이었다.

'분명 뭔가 있는데… 그것을 모르겠단 말이야. 저거 분명 내가 폴린을 노렸을 때 한 방식인데 이상하게 나하고 다르네. 그땐 다들 알던데…….'

입을 다문 키튼은 분명 그리 생각했다. 지금 상황이 얼마나 복잡하고 위험천만한 상황인지에 대해서는 전혀 생각하지 않고 있었다.

어차피 카이론이 나선 이상 상황은 그가 의도한 대로 나아갈 수밖에 없다. 지금까지 그래왔던 것처럼.

그러는 동안 카이론과 게이트 자작은 연무장의 중심에 서 상대방을 노려보고 있었다. 물론, 그것은 게이트 자작의 입장에서 노려보는 것이었다. 카이론은 그저 시종일관 무표정할 뿐이었다.

"무기를 꺼내시오."

"때가 되면 알아서 꺼낼 것이다."

여전히 반말에다 자신을 무시하는 듯한 어투였다.

"나를 모욕할 참이오?"

"모욕? 이 정도가 모욕이라면 나의 부하가 겪은 모욕은 무엇인가?"

"어찌 정당한 귀족의 위(位)에 있는 자와 계집을 비교한단 말이오."

"나는 얄량한 귀족보다는 내 부하가 더 중하다."

"그 말, 반드시 후회하게 될 것이오."

"자작은 결투를 말로 하나?"

"이익!"

카이론은 단 한마디도 그에게 지지 않았다. 전혀 평소 같지 않은 그의 태도였다.

평소였다면 이민 게이트 자작은 연무장에 널브러져 있었을 것이다. 하나, 카이론은 그러지 않았다. 왜냐면 그는 아주 중요한 역할을 해야 하기 때문이었다.

"이야합!"

게이트 자작이 거친 함성을 지르며 카이론을 향해 쇄도했다. 그의 검에는 예의 주황색의 오러 포스가 넘실거리고 있었다. 명백한 실력의 증명이었다. 카이론에게 있어 그것은 그저 힘의 낭비일 뿐이었다.

게이트 자작의 검을 가볍게 피한 카이론은 그대로 몸을 앞으로 전진시키며 게이트 자작의 복부에 주먹을 꽂아 넣었다.

퍽!

"커헉!"

둔탁한 소리가 들려오고, 게이트 자작의 신형은 빗살처럼 튕겨져 나갔다. 그리고 그런 게이트 자작을 따라 가며 손을 움켜쥐는 카이론.

우직!

순간 게이트 자작의 풀 플레이트 메일이 우그러졌다. 마치 멱살을 잡듯 게이트 자작의 풀 플레이트 메일을 움켜쥔 카이론은 튕겨져 나가는 게이트 자작을 끌어당기며 복부에 다시 한 번 주먹을 작렬시켰다.

퍼억!

눈알이 튀어 나올 것 같이 부릅뜬 게이트 자작. 그리고 그의 귓가에 들려오는 카이론의 나직한 음성.

"너 따위가 함부로 대할 나의 부하가 아니다."

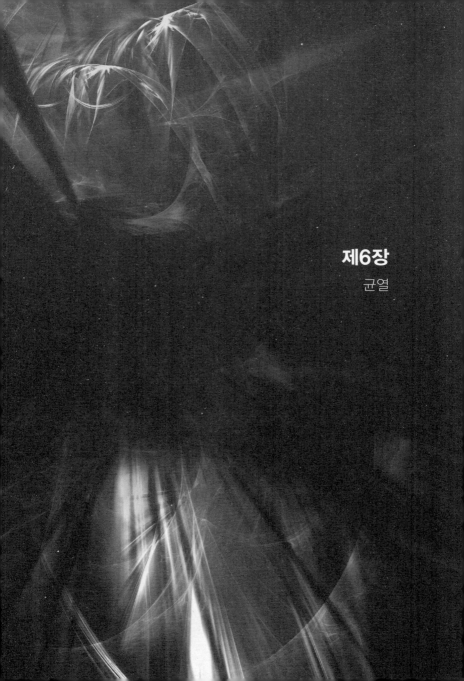

제6장

균열

Warrior

　"무⋯⋯."

　말을 하기도 전에 게이트 자작의 몸이 붕 떠올랐다. 카이론
은 그런 게이트 자작을 연무장의 바닥에 메다꽂았다.

　콰아앙!

　"커허억!"

　게이트 자작의 입에서 피가 튀었다. 하지만 카이론은 아랑
곳하지 않았다. 아직 그는 멈출 생각이 없었다.

　후드드득!

　핏물을 게워내는 게이트 자작을 들어 올리는 카이론. 너무

큰 충격에 초점이 흐려지려 하는 게이트 자작과 시선을 맞췄다.

"겨우 이 정도 가지고 계집년을 운운했던가? 넌 네 입으로 말한 계집년의 발바닥에도 못 미치는 건가?"

"이익!"

몇 마디 말에 게이트 자작이 핏물을 게워내며 카이론은 손목을 잡았다. 하나, 그저 지독히도 비굴하고 연약한 자의 몸부림일 뿐이었다.

쫘아아악!

게이트 자작의 고개가 홱 돌아갔다. 덤으로 핏물이 튀는 것은 말할 것도 없었다.

쫘아악!

또다시 반대편으로 돌아가는 게이트 자작. 치욕도 이런 치욕이 없었다. 마치 어른이 어린아이의 잘못을 벌주기 위해 체벌을 가는 것 같은 형국이 되어버렸다. 몇 번 더 게이트 자작의 고개가 돌아가고 그의 입에서는 핏물과 함께 무언가 튀어나왔다.

이빨이 부러진 것이다. 단순한 따귀라고 보기에는 너무 과격했다.

그 즈음이 되자 게이트 자작은 제대로 서 있을 수도, 정신을 온전하게 보존할 수도 없었다. 카이론은 기절한 게이트 자작을 그저 쓰레기 버리듯 던진 후 후발로 참석한 귀족들을 향했다.

"복종이 아니면 적으로 간주한다."

"그게 무슨……."

그 순간 카이론의 등 뒤에 메어져 있던 언월도가 빛을 뿌리며 뽑혀져 나왔다.

쉬아악!

가장 먼저 이의를 제기했던 바가우티브 자작이었다. 그의 목젖에는 카이론은 언월도가 시퍼런 빛을 뿌리며 멈춰 있었다.

"말하라."

"……."

하고자 하는 말을 하라 했지만 바가우티브 자작은 결코 입을 열 수 없었다.

귀족이라는 오롯한 자신감은 지금 이 순간 끝도 없이 무너져 내리고 있었다. 처참할 지경으로 무너져 내리고 있었다.

카이론은 그런 바가우티브 자작의 목젖에 언월도를 겨눈 채 입을 열었다.

"이곳이 무너지면 카테인 왕국은 무너진다."

사실 그랬다.

카테인 왕국은 내전 중이었다. 서로 자기가 잘났다고 서로를 물어뜯고 있는 상황이었다. 그나마 내전 초기인지라 아직 내전에 참여하지 않은 영주가 있을 뿐이었다. 그런데 자세히 보면 그들조차도 음으로 양으로 내전과 관계되지 않은 이들이 없었다.

그런 판국에 20만… 아니, 30만이 넘어갈 나파즈 왕국의 병력이 치고 들어오면 어찌 될까? 남부는 단 한 달도 되지 않아 그들에게 평정될 것이다. 그것은 오직 싸우는 것밖에 모르는 기사들이라 할지라도 짐작할 수 있는 당연한 이치였다.

"하지만 왕국이 무너져도 너희들은 살겠지. 단지 왕국만 없어질 뿐… 그래서 이런 것은 아무런 상관이 없겠지. 그것이 내가 아는 너희 귀족들의 생각이다."

"어찌 그런……!"

"내 말이 틀렸나? 이런 귀족따위… 없는 편이 낫겠군."

"……."

통렬한 카이론의 말에 귀족들은 입을 벌리고 할 말을 잃었다. 지금껏 그 누구도 자신들의 앞에서 이런 말을 한 자는 없었다.

알면서도 애써 외면했다. 왜냐하면 왕국의 근간은 왕국민이 아닌 바로 귀족이기 때문이다.

왕국은 귀족의 도움 없이는 아무것도 해낼 수 없기 때문이었다.

하지만 카이론은 달랐다. 그 누구도 하지 못한 말을 내뱉어 그들의 심연 깊숙이 심어져 있는, 너무나도 당연하다는 듯이 여겨지고 있는 뿌리 깊은 의식을 건드리고 있었다.

그에 몇몇 귀족의 표정이 딱딱하게 굳어져 갔다.

비록 그가 현재 국왕의 명을 받은 자이기는 하나 자신들은 엄연히 카테인 왕국 최고 특권층이자 근간에 속한 부류였다. 권력을 가지고 모든 것을 좌지우지하는 왕국의 기둥과 같은 존재들이었다.

심지어는 국왕조차도 자신들에게 이래라저래라 할 수 없을 정도의 막강한 권력을 지니고 있는 이들이 자신들이었다.

한데 그러한 자신들의 면전에서 치부를 드러내고 있었다. 그것도 너무나도 적나라하게 말이다.

그들에게 있어 그것은 귀족으로서 당연한 권리였다. 그들의 내심에는 언제나 '감히!'라는 의식이 내재되어 있었다. 그것을 건드리는 것은 마른 낙엽에 불을 댕기는 것과 같은 것이었다.

"틀리다! 귀족은 왕국의 처음과 끝일지니… 귀족이 없음에 어찌 왕국이 있다는 말인가?"

"그 귀족!"

카이론은 노한 귀족의 답을 단단하게 끊었다.

"누구의 위에 존재하는가? 만약 평민이 없었다면 귀족이 존재할 것인가? 대답하라! 평민이 없다면 귀족이 존재할 수 있는지."

발톱의 때만큼도 아깝지 않은 것이 바로 평민이다. 그러한 그들이 자신들과 비견되다니 말도 안 된다. 하지만 카이론의 질문에 제대로 대답을 할 수 없었다. 왜냐? 그들이 아니면 자신들이 존재할 수 없다는 것을 깨달았기 때문이었다.

그들은 그저 공기와 같은 존재. 공기가 없으면 살아갈 수 없지만 그 공기에 고마움을 느끼지는 않는다. 하지만 분명한 것은 그것이 없다면 살 수 없다는 것이다.

평민은 그런 공기와도 같은 존재였다.

평상시에는 느끼지 못하나 느끼기 시작하면 두려워서 잠조차 제대로 잘 수 없는 그런 느낌. 그러하기에 무언가 반론을 제기하고 싶은데 제기할 수 없었다. 그러하기에 더욱 분노가 일었다.

분명 인정하기 싫었지만 인정해야만 하는 이 지랄 같은 상황이 말이다.

"나, 난! 돌아가겠소!"

참지 못한 귀족이 자리를 박차고 일어났다. 그를 중심으로 몇몇 귀족이 불쾌한 얼굴을 하며 자리에서 일어났다.

"이후 지금의 행동에 대한 책임을 져야 할 것이다."

자리를 박차고 나가는 귀족 중에는 베나데스 자작과 바가우티브 자작 등이 포함되어 있었다. 그들의 눈에서는 시퍼런 광망이 튀어나오고 있었다.

그들은 카이론에게 악감정을 가질 수밖에 없었다. 같은 카테인 왕국의 일원이지만 이제는 적이 된 것이라 할 수 있었다. 당연히 바가우티브 자작의 입에서는 결코 호의적인 말이 튀어나오지 않았다.

카이론을 향해 짓씹듯이 말을 내뱉은 바가우티브 자작은 여전히 전면을 응시한 채 아무런 행동조차 하지 않는 예이츠 백작을 사납게 바라보았다. 그 순간 예이츠 백작 역시 그를 바라보았고, 둘의 시선은 허공에서 날카롭게 부딪혔다.

으득!

그를 바라보면 바가우티브 자작은 이빨을 갈아 붙였다.

"후회하게 될 것이오."

그러한 말을 내뱉는 바가우티브 자작을 보며 예이츠 백작이 나직하게 입을 열었다.

"나는 이미 후회하고 있소. 내가 무엇으로부터 존재하는지 잊어버린 그대들을 보면서 말이오. 이 얼마나 어리석은 일인가? 나의 힘은 나의 영지민으로부터 나오기에 영지를 잘 다스리고, 기사 역시 그들을 지키기 위해 힘을 다해야 하거늘. 고작 자신의 입지와 그 쥐꼬리만 한 권력을 쥐기 위해 알량한 자존심을 세우고 있으니 말이네."

"그것이 어찌 영지민으로부터 나온다고 할 수 있소? 귀족은 그 존재 자체가 오롯한 것이거늘."

"진정 그렇게 생각하는가? 그러하다면 그 오롯함을 지키기 위해 싸워야 하지 않겠는가? 싸우지도 않고 모든 것을 지키겠다고 하는가? 그가 무서운가?"

예이츠 백작이 카이론을 가리키며 물었다. 순간 바가우티브 자작의 얼굴을 흉악스럽게 일그러졌다.

'그가 무섭냐고? 무섭다. 진정 치가 떨리도록 무섭다. 그래서 도망치고 있는 것이다!'

바가우티브 자작은 마음속으로 외쳤지만 그것은 죽는 한이 있더라도 입 밖으로 낼 수 없는 말이었다.

"그는 스스로 귀족이라는 것을 망각한 자. 그러한 자가 우리를 이끌 수는 없소. 무례하고, 혐오스러우며 자신의 본분이 무엇인지 잊은 사람이오. 그런 자와 상종한다는 것은 있을 수 없는 일."

"크하하하! 어리석구나. 이 어리석은 도리안 예이츠여! 저런 어리석은 자들을 같은 귀족이라 여기고 지금까지 자존만 대하며 살아왔구나!"

바가우티브 자작의 말에 예이츠 백작은 하늘을 우러러 통한과도 같은 말을 내뱉었다.

"그 말! 반드시 책임져야 할 것이오."

"책임? 지겠다! 허니, 영지로 가서 잘 견뎌보도록 하라. 과연 그대들이 살아날 수 있을지 지켜보겠다."

예이츠 백작은 그리 말했다.

이들은 잘못 생각하고 있었다. 전쟁이 난다 해도 자신은 살아남을 것이라 생각하고 있었다. 과연 그럴 것인가? 나파즈 왕국이 저들을 살려둘 것인가? 답은 아니었다.

그들은 카테인 왕국을 도와주기 위해서가 아니라 복속시키기 위해서 진군하고 있는 것이었다. 그러한 그들이 한 지역의 패자로 군림하는 귀족들을 살려둘 이유는 없었다.

귀족들은 잘못 생각하고 있었다.

자신들이 아니면 자신들의 영지를 다스릴 수 없다고 말이다. 한마디로 자신들은 대체 불가한 인물이라 그리 생각하고 있었다. 하지만 아니다. 절대로 아니다. 자신이 없다 해도 이 세상은 여전히 존재하고 그들이 다스리던 영지는 여전히 다른 이가 잘 다스릴 것이다.

왜냐하면 그들을 대체할 사람은 무수히 많기 때문이다. 저들은 그것을 모르고 있었다.

자신들이 아니면 그 누구도 다스릴 수 없다고, 자신의 역할을 할 수 없다고 생각하고 있었다.

실로 어리석은 생각이지 않은가? 글을 알고, 교육받은 지성을 가진 귀족들이 그런 편협하고 치명적인 생각에 사로잡혀 있다니 말이다.

물론, 예이츠 백작 역시 카이론 에라크루네스라는 인물이 아니었다면 아직도 그런 생각에 사로잡혀 있을지 몰랐다.

자신만이 모든 것을 해낼 수 있을 것이라 판단했다. 그런데 결과는 어떠한가? 알량한 권력 싸움에 진정한 가신은 내쫓고 믿음직하다 생각했던 이는 자신을 배신하고 그 종적조차 찾을 수 없었다.

한탄한 예이츠 백작은 슬쩍 카이론을 바라보았다. 그는 이제 남부의 사령관이었다. 사단을 이끌고 있다고 하지만 그저 그런 사단장이 아니었다.

2만이 넘어가는 병력을 지휘하고, 자신을 비롯한 수많은 귀족과 기사들을 거느린 자였다.

하지만 정작 그 자신의 작위는 영지조차 없는 남작. 과거의 공로를 인정받아 얻은 허울뿐인 남작이었다. 그런데 자신은 그런 그의 휘하에 들기를 주저하지 않았다. 물론, 처음부터 그러한 것은 아니었다.

그는 그럴 만한 자격이 있었다. 그는 병사들과 다르지 않은 식사를 했고, 다르지 않은 잠자리에 들었고, 그들보다 많은 서류에 파묻혀서 끊임없이 결정을 내려야만 했고, 훈련 역시 그들보다 월등한 양을 소화했다.

그것을 이상하게 여긴 예이츠 백작이 어느 날 물었다.

"꼭 그래야만 하는 것이오?"

"무엇을 말인가?"

"작위로는 남작이요, 직위로는 일군을 이끄는 수장이오. 남부의 모든 이들을 아우르는 자로서 스스로 중함을 알아야만 하오. 때문에 사령관의 막사가 따로 있고, 부관을 두며, 당번병을 배치시키는 것이오."

"그런데?"

"지금 사령관은 전혀 그에 맞지 않기 때문이오. 이러다 적이 침략할 때 자칫 다른 사소한 일로 인해 제대로 된 대응을 하지 못하면 어떡할 것이오? 게다가 일군을 이끄는 사령관은 그 위엄을 보여 병사들로 하여금 따르도록 해야 하는 법이오."

"그래서?"

여전히 단답형 물음이었다. 처음엔 불쾌했으나 이것이 그의 성정이라는 것을 아는 탓에 별로 부담스럽지 않게 입을 여는 예이츠 백작이었다.

"사령관은 그 직분에 맞게 스스로 존엄을 갖춰야 하오. 병사들에게 친숙해질지는 모르나 결국 명령을 함에 있어 이것이 부작용으로 작용할 수 있음이오."

"스스로 저들과 분리해 갖춰야 할 존엄이라면 그것이 무슨 의미인가?"

"그것은 명령 체계를……."

"그래서 저들이 날 무시하는가?"

"그건……."

"저들이 나의 명을 무시하고, 날 가볍게 여기며 존경하지 않는 것처럼 보이나?"

"그것은 아니오."

"그럼 무엇이 문제인가?"

"그……."

카이론의 질문에 예이츠 백작은 딱히 할 말이 없었다.

지금까지 한 말은 자신의 기준에서 통상적으로 지휘관에게 주어지는 것에 대한 것뿐이었다. 지금까지 예이츠 백작은 그런 것을 당연하다고 생각했다.

과거부터 이어져 왔으니 당연히 받아야 하는 것이었던 것이다. 하나, 지금 카이론의 말에는 당연한 것은 나나도 없었다.

"세상에 마땅히 받아야만 하는 것은 없다. 저들이 없다면 나는 지휘관이 되지 못했을 것이다. 저들이 없었다면 나는 이 전투를 승리로 이끌 수 없었을 것이고 저들이 없었다면 나는 이 자리에서 함께 훈련할 수 없었을 것이다. 저들은 나에게 그런 존재이다."

"……."

카이론의 말에 예이츠 백작은 아무런 말조차 할 수 없었다. 그제야 예이츠 백작은 에니체리 사단에 합류한 후 다시 만나게 된 프리스트 자작의 말을 이해할 수 있었다.

"그는 우리와 다른 사람입니다. 만약 백작 각하께서 이 카테인 왕국을 새롭게 바꾸시고자 하는 꿈을 꾸신다면 그를 이용하거나 그를 따라야 할 것입니다. 하지만 그를 수하로 두기에는 어려울 것입니다. 그는 백작 각하보다 더 그릇이 큰 인물이니까 말입니다."

처음에 자신의 면전에서 그런 말을 하는 프리스트 자작의 행동에 매우 불쾌한 생각이 들었다. 자신을 버리고 간 곳이 그의 휘하라는 것에도 그랬고 말이다. 한데, 그의 말을 인정하는 데에는 그리 오랜 시간이 걸리지 않았다.

그의 모든 것은 기존의 귀족들에게는 파격이었다. 기존 질서를 붕괴시키는 것이었다.

그것도 너무나도 급진적으로.

그러하기에 웬만한 귀족들이라면 그를 섣불리 받아들일 수 없었다.

그의 휘하에 있는 에니체리의 귀족들이나 기사들조차 그

의 그런 생각에 적응하는 시간이 꽤나 고역스러웠다는 말을 할 정도였다. 물론 지금 그들은 카이론의 그런 사상에 절대적으로 지지를 보내고 있었다.

그 저변에는 죄수에서 복권되었다는 동질감이나 혹은 수없이 많은 훈련과 전투 속에서 다져진 서로에 대한 신뢰가 있었기에 가능한 것도 있을 것이다. 하지만 그렇다 하더라도 그러한 절대적인 지지는 그리 쉬운 것이 아니었다.

그래서 예이츠 백작은 프리스트 자작의 말대로 그가 자신을 거둘 수 있는 인물인지 그의 곁에서 보고 싶었다.

어차피 그도 알고 있을 것이다. 자신이 완전하게 그에게 고개를 숙이지 않았다는 것을 말이다.

그의 강력한 무력 앞에 두려움 때문에, 혹은 그 상황에서 도저히 받아들이지 않을 수 없는 제안을 했기 때문이기도 하다는 것을 그는 너무나도 잘 알고 있을 것이다. 그래서 이제는 조금 보고 싶었다.

그의 진실한 실력을 말이다. 1만 2천이 조금 넘는 인원으로 10만이라는 대병력에 머리를 들이민 그 미친 용감함과 결단성을 말이다. 무엇이 그들을 그렇게 만들었는가? 전혀 질 것이라는 것을 염두에조차 두지 않는 그들을 한 번 느껴보고 싶었다.

그러기를 10일. 그의 모든 것을 알기에는 턱없이도 부족한 시간이다. 아직 결정을 내리지 못한 것 역시 마찬가지였다.

하지만 분명한 것은 알량한 권력과 위세만 믿고 전쟁 중에도 자신들만 생각하는 귀족들과는 다르다는 점이다.

상념에서 돌아온 예이츠 백작은 자신의 어리석음에 치를 떨 수밖에 없었다.

그들이 하는 행동을 보니 가슴 저 밑바닥에서 주먹만 한 불덩이가 올라오는 것 같았다. 가볍게 그들에게 말을 한 것처럼 보였겠으나 백작이라는 자리는 그리 가벼운 자리가 아니다.

행동 하나, 말 하나에 무게가 실리는 것이 백작이라는 자리였다. 한데, 홧김에 그런 가벼운 소리를 했다는 것은 말도 안 된다.

그의 일갈은 많은 이들에게 영향력을 행사했다.

이곳은 남부. 그리고 카이론이 이끌고 온 1만 2천의 병력을 제외하고는 모두가 남부의 토박이들이라 할 수 있었다. 남부는 나파즈 왕국과 국경을 마주하고 있어 언제나 긴장감 넘치는 곳이었다.

이런 남부를 대표하는 대귀족이 셋이 있었다. 그중 한 명이 도리안 예이츠 백작이었다.

가장 큰 세력을 형성한 이가 체이스 그린 후작이었으며, 예이츠 백작과 비등한 세력을 가진 이는 프랭크 맥그래스 백작이었다. 이 세 귀족이 남부의 실질적인 중심이라 할 수 있었다.

남부 토박이들인 귀족들과 기사들에게는 엄청난 영향력을 가지고 있는 예이츠 백작의 일갈에 찜찜한 표정을 지으며 대회의실을 나온 귀족들.

그들의 얼굴은 가히 좋지 않았다. 마음 한구석에 남아 있는 불안감 때문이었다.

남부의 강자라는 예이츠 백작이 힘 한 번 써보지도 못하고 당했다. 철의 장벽이라는 다섯 개의 성을 앞세우고도 말이다.

그런데 과연 자신들이 그들을 이겨낼 수 있을까 하는 생각 때문이었다.

"어찌할 생각이오?"

"나는 맥그래스 백작께 몸을 의탁해 볼 생각이오."

"정녕 그리 정한 거요?"

"보시고도 모르겠소? 카이론 에라쿠르네스란 자가 도대체 어떤 수작을 벌였는지는 모르지만 이미 예이츠 백작의 마음은 그에게 기울었다는 것을 말이오?"

엉망이 된 얼굴로 분에 겨운 듯 입을 여는 게이트 자작이었다. 기절했다 깨어난 그는 아직도 고통에 얼굴을 떨고 있었다.

"당연하오. 귀족이면서 상위 귀족에게 상상도 하지 못할 모욕과 치욕을 안겨준 자요. 그에 합당한 무게의 가르침을 반드시 내려야 할 것이오."

게이트 자작의 말에 바가우티브 자작 역시 앞으로 나서며 입을 열었다. 그에게 모욕을 당한 두 당사자였다. 그에 베나데스 자작은 살풋 인상을 찌푸렸다. 그에게 간다고 해서 딱히 뾰족한 수가 있는 것도 아니었다.

단지 섬기는 자가 달라질 뿐.

'도대체 뭐가 달라진 것인가?'

달라지는 것은 아무것도 없었다. 그때 바가우티브 자작이 조심스럽게 주변을 둘러보며 작은 목소리로 입을 열었다.

"몇몇 인사들과 만나기로 했소."

그에 게이트 자작은 놀란 눈을 하다 얼른 주변을 둘러본 후 고개를 끄덕였다.

"언제……."

"어차피 병력을 추스른다면 내일이나 모래쯤 떠날 수 있을 것이오. 오늘 저녁에 긴급히 모이도록 합시다."

"좋소. 하나……."

"걱정이 무엇인지 아오. 하지만 아무리 단단한 바위라도 틈이 있기 마련이라오."

"그렇지. 역시 바가우티브 자작이오."

그들은 나직하면서도 스스럼없이 말을 주고받았다. 베나데스 자작이 보기에 이들은 이미 이곳에 오기도 전에 준비를 하고 있었다. 그 연유가 어찌 되었든 간에 이들은 이미 예이츠 백작과 같이 할 의사가 없었던 것이다.

단지 이들이 여기에 온 것은 명분을 찾기 위해서였다. 그런데 그들은 여기에서 명분을 찾았다. 그러면 결국 실행만 남은 것일 뿐이었다.

이들이 예이츠 백작이 아닌 맥그래스 백작에게 몸을 의탁한다면 빈손으로 갈 수는 없는 법.

반드시 어떤 성과나 혹은 선물을 가지고 가야만 했다. 그래야 안정적으로 자신의 자리를 차지할 수 있으니 말이다.

"오늘 자정. 은밀히 숙소로 오시오."

"알겠소."

대회의실에서 나올 때와 다르게 그 둘은 만면에 웃음을 떠올렸다. 하지만 이내 웃음을 지웠다. 싸우고 나왔는데 웃음을 떠올리면 이상하니까. 속내를 감추기 위해서라도 안면을 딱딱하게 굳혀야만 했다.

그러한 그들을 보며 베나데스 자작은 심히 걱정스럽다는 듯이 안색을 찌푸렸다. 이들이 아무리 권력을 위해서 간과 쓸개를 내어놓고 산다고 하지만 이것은 좀 과한 경우였다. 베나데스 자작은 심각한 고민 속에 자신에게 배당된 처소로 발걸음을 옮겼다.

그때 그를 따라온 이가 있었으니 벤제마 남작이었다. 자신의 영지와 바로 붙어 있는 아크란 영지의 영주로서 상당히 경우가 밝은 귀족이었다. 경우가 밝다는 것은 그만큼 처신을 잘한다는 것을 의미했다.

때문에 평소 각별한 관계를 유지하고 있었다. 그런데 그런 벤제마 남작이 그를 따라 붙어 조심스럽게 입을 열었다.

"저……."

"말하시게."

짐짓 태연하게 입을 여는 베나데스 자작. 그도 대회의실에서 바가우티브 자작이나 게이트 자작의 편을 들기는 했지만 이것은 정말 아니었다. 마치 시중에서 음식을 사듯 주인을 바꾸고 소속을 바꾸는 것이 영 마뜩찮았다.

"이게 옳은 일인지 모르겠습니다."

"그야……."

평소 서로 허심탄회하게 대화를 자주했던 편이라 그들은 속내를 서서히 드러내기 시작했다. 또한, 주변에 두 사람을 제외하고는 다른 이들이 없었기에 편히 말을 하게 되니 불편했던 속마음을 털어놓게 되는 것일 게다.

"전 이게 옳지 않다고 봅니다. 아무리 권력의 향배에 따라 부화뇌동한다고 하지만 이것은 아닙니다. 적어도 진실로 각하를 섬겼다면 이래서는 안 되는 법입니다."

"맞는 말이긴 한데……."

"주저하실 필요가 있으십니까?"

벤제마 남작은 베나데스 자작의 두루뭉술한 답에 답답하다는 듯이 입을 열었다. 베나데스 자작은 물끄러미 그를 바라보더니 고개를 끄덕였다.

자신보다 적어도 15년은 젊은 벤제마 남작이었다. 그 젊음이 이런 곳에서 빛을 발하고 있었다.

"나는 카이론 에라크루네스란 자의 급진적이고 과격한 면이 걸리네."

"그것이 어찌 과격하다 할 수 있습니까? 기실 작금의 귀족들이 자신의 가문만 생각하는 것은 이미 다 알고 있지 않습니까? 또한, 귀족들이 영지민을 그저 물건 취급한 것이 어디 한두 해입니까? 말하지 않았을 뿐. 모두가 알고 있는 사실이지 않습니까?"

"그야 그렇지만."

"저는 이제 귀족 역시 달라져야 한다고 생각합니다. 고인물은 썩게 마련입니다. 이미 썩을 대로 썩은 상황. 그가 과격한 것이 아니라 귀족들이 너무 안일하고 현실에 안주했기 때문에 과격하게 느껴질 뿐입니다."

"그렇게 느꼈나?"

확실히 젊은 세대였다. 젊은 나이에 한 가문을 이끌어 나간다는 것은, 그것도 아주 잘 이끌어 나간다는 것은 진정으로 힘들다. 하지만 그는 잘해내고 있고, 영지민으로부터 존경을 받는 그런 귀족이었다.

"보시지 않으셨습니까? 그들은 처음부터 전투에 참여할 의사가 없었습니다. 꼬투리를 잡기 위해 마지못해 병력을 대동한 것뿐입니다. 일례로 바가우티브 자작의 병력은 최소 7천은 될 것입니다. 하나, 이곳에 바가우티브 자작이 대동한 병력은 고작 기사 열에 1천 5백의 병력이었습니다. 그뿐만이 아닙니다."

"알고 있네."

"죄송합니다. 너무 제 생각만 한 것 같습니다."

"아니네."

벤제마 남작이 더 말을 이어가려 하자 중간에 베나데스 자작이 말을 끊었다. 그에 벤제마 남작은 자신이 너무 앞서 나갔다는 것을 알고 말을 줄였다. 자신이 아무리 이렇게 말을 해봐야 자신 역시 귀족이고 그것을 듣고 있는 이 역시 귀족이었기 때문이었다.

"어쨌든 나 또한 그들이 그리 탐탁한 것은 아니네. 나는 조금 더 두고 볼 생각이네."

"알겠습니다. 그럼 편히 쉬시길."

베나데스 자작의 말에 벤제마 남작은 알겠다는 듯이 고개를 끄덕이고 자리를 벗어났다.

'나이가 들었음이야……'

힘없이 자신의 방으로 들어가는 베나데스 자작의 뒷모습을 바라보던 벤제마 남작은 그리 생각했다. 나이가 들면 고루해지고 융통성이 줄어든다. 젊었을 적의 용기와 패기는 사리지고 자리보존을 위한 나약한 생각만이 쥐어튼다.

물론, 살아온 역정과 경험으로 인해 결코 젊음은 가질 수 없는 노회함을 자랑하지만 결정적인 문제에 한해서는 조금은 나약함을 내보이고 있었다.

벤제마 남작은 그것이 마음에 들지 않았다. 분면 베나데스 자작은 다른 두 자작에게서 무언가를 들었을 것이다.

그는 예이츠 백작의 그늘 아래 있는 세 명의 자작 중 한 명이기 때문이었다. 또한, 그는 다른 두 자작의 성토에 동조까지 했던 이.

'어찌해야 할까?'

무언가 있다는 것은 어림짐작하겠지만 확실한 것은 아무것도 없었다. 그에 그의 고민은 깊어만 갔다. 그때 그의 뇌리에 떠오르는 이가 한 명 있었으니.

'그래. 프리스트 자작님과 상의하자.'

결단이 내려지자 그의 발걸음 더욱 빨라졌다.

　　　　*　　　*　　　*

"자. 인사들 하시오. 이쪽은 예니체리 사단의 제3전투 연대 연대장님이신 아그리파 백작 각하시오."

"아! 하비에르의 게이트 자작입니다."

"네이런의 크리스 빌런 남작입니다."

"쿠스의 자코 카뮤스 남작입니다."

"가이란의 레이런 보그 남작입니다."

"오리건의 주시에르 포메스 남작입니다."

한 명의 자작과 네 명의 남작이 인사를 했다.

"쥬마의 팀 헬리엇 남작은 사정이 있어 불참했습니다. 하지만 그는 작금의 상황에 적극적으로 동참한다는 의사를 표명해 왔습니다."

헬리엇 남작과 친분이 있었던 포메스 남작이 그의 전언을 전했다. 그러한 그들을 둘러본 아그리파 백작은 고개를 끄덕이며 입을 열었다.

"소개한 대로 마르쿠스 비프사니우스 아그리파라 하오."

"하면, 혹시……."

"생각하는 것이 맞을 것이오."

스캇츠데일 출신으로 귀족파의 수장인 르위스 공작이 자

신을 따르지 않는 귀족파를 정리하면서 가장 먼저 제거된 자. 그의 올곧은 성정이 르위스 공작의 반감을 산 것이었다.

"뵙게 되어 영광입니다."

"영광은 무슨. 이제 영지도 없이 그저 백작의 작위만 있는 힘없는 늙은이인 것을."

"어찌 그런 나약한 말씀을. 아직 가르침을 구하는 후배가 많습니다."

"그렇긴 하더구려."

바가우티브 자작의 말에 아그리파 백작은 고개를 끄덕이며 순순히 인정했다. 그에 바가우티브 자작은 자신의 의견에 동조해 준 그를 더욱 살갑게 대했다. 마치 간과 쓸개 모두 내놓을 것 같이 말이다.

"말이야 바른 말이지 어디 이제 스물이 갓 된 젊은 놈이 사단장이랍시고 앉아 있는 꼴이 정말 화가 나더이다. 훌륭한 선배 귀족들이 그리 많은데 말입니다. 듣자 하니 출신이 에라쿠르네스 백작 가문의 서자라고 하던데……."

"나 또한 그렇게 들었네."

어느새 알아보았는지 카이론의 가문까지 알아본 바가우티브 자작이었다. 이것은 짧은 기간이지만 상당히 공을 들였다는 것을 의미하기도 했다.

"안하무인입니다. 그런 자가 사령관이라니. 이 왕국에 망조가 든게 분명합니다. 그런데 예이츠 백작은 오히려 그런 애송이를 꾸짖지는 못할망정 그와 함께 어울리니 심히 걱정이 듭니다. 이에 저희들은 그 애송이를 크게 가르치고, 정신이 혼미한 예이츠 백작을 돌려놓고자 계획을 하나 세웠습니다."

"계획이라… 듣고 싶구려."

아그리파 백작의 말에 바가우티브 자작은 그럴 줄 알았다는 듯이 의미심장한 미소를 떠올렸다.

솔직히 그를 이곳에 은밀하게 청하기는 했지만 확신할 수는 없었다. 그가 정통 귀족 가문 출신이고, 정쟁에 밀려 가문일 멸문당했지만 과연 자신의 의견을 따라 올 것이냐에 대해서 말이다.

"어차피 이번 싸움, 쉽지는 않을 겁니다."

"그렇지, 쉽지 않겠지. 쉬우면 전쟁이 아니겠고 말이지."

"이미 중앙은 이 남부에 신경을 쓸 여유조차 없습니다. 그런 판국에서 남부가 살아남기 위해서는 모든 힘을 하나로 모아야 합니다."

"그렇지."

연신 변죽을 울려주는 아그리파 백작이었다. 그에 바가우티브 자작은 신이 날 수밖에 없었다. 의외로 자신의 의견이 잘 먹혀 들어가고 있었다.

"그런데 남부에 그럴 만한 인물이 있는가가 문제이지."

"왜 없겠습니까? 남부에는 세 명의 인물이 있으니 한 명은 체이스 그린 후작이요, 한 명은 프랭크 맥그래스 백작이며, 한 명은 도리안 예이츠 백작이었습니다. 하나, 예이츠 백작은 한 번의 패배로 인해 그 총명이 흐려져 제대로 된 대응을 하지 못하고 있습니다."

"하면… 그린 후작이나 맥그래스 백작이 남부를 영도할 수 있다는 말이겠군."

"바로 그렇습니다. 다만 그중 가장 확실한 패는 맥그래스 백작입니다."

"왜 그인가?"

아그리파 백작의 물음에 바가우티브 자작은 목이 타는지 자신의 앞에 놓인 차를 한 모금 마시며 목을 축였다.

이것은 상당히 중요한 대목이었다. 이 대목에서 잘못 나간다면 그는 아군이 아닌 적군이 될 가능성이 높았기 때문이었다.

"그린 후작은 우유부단합니다. 그가 지금까지 남부의 한 축을 담당한 이유는 그의 무능함을 덕으로 알아 그를 주군으로 삼은 수많은 기사들과 현자들 때문이라 할 수 있습니다."

"무능함이라… 그것 또한 능력이지 않겠는가? 그들을 다 포용할 수 있다면 말이네."

"현재가 평화의 시대라면 그러할 것입니다. 하지만 지금은 난세. 전쟁의 시대에는 강력한 힘이 필요합니다. 모두를 이끌고 나갈 수 있는 그러한 강력한 힘 말입니다."

"그렇다면 카이론 에라크루네스 사령관도 한몫을 차지할 수 있겠군."

아그리파 백작의 말에 잠시 말을 끊은 바가우티브 자작은 크게 숨을 들이쉬고 내뱉었다.

"그 또한 영웅 중의 한 명이라 할 수 있겠으나, 그는 너무 급진적입니다. 그것은 조직을 갈라지게 만드는 요인이라 할 수 있습니다."

"바로 지금처럼 말이지?"

"그렇습니다."

"한데 말이지……."

아그리파 백작의 말에 바가우티브 자작은 긴장했다. 그의 입에서 과연 어떤 말이 튀어 나올까?

그와 반대로 아그리파 백작은 바가우티브 자작이 자신을 설득하는 와중에 살짝 회상에 잠겨들었다.

이들이 도착하기 전. 모두가 승리에 취해 있을 당시, 카이론과 라마나, 예이츠 백작과 프리스트 자작, 그리고 각 연대장이 한 자리에 모여 앞으로의 일을 논의한 적이 있었다.

"아마도 구원군의 명목으로 이곳에 진입하는 남부의 귀족이 있을 것입니다."

가장 먼저 프리스트 자작이 입을 열었다. 라마나 역시 뛰어난 참모지만 프리스트 자작은 남부에 한해서는 그 누구에게도 지지 않을 정도의 뛰어남을 자랑하는 이였다. 그는 남부의 균열을 너무나도 정확하게 알고 있었다.

"그들 귀족이 아마도 사령관님의 행보에 많은 걸림돌이 될 것입니다."

"어떤?"

"이미 남부는 사분오열되었다고 보시면 됩니다. 남부에는 세 명의 맹주가 있는데, 그중 한 분이 바로 예이츠 백작님이었습니다. 하나, 그들은 예이츠 백작님의 소환령을 무시하고 늑장 대처를 하고 있습니다. 이는 평소였다면 있을 수 없는 일입니다."

"결국 이미 그들은 예이츠 백작을 배신했다는 말이겠군."

"그렇습니다. 그들이 이곳으로 오는 목적은 명분을 찾기 위해서입니다."

"만들어 주면 되겠군."

"예?"

카이론의 말에 프리스트 자작은 잠시 그 말의 의미를 찾지 못해 반문했다.

"목숨에는 그 경중이 없음을 알고 있다. 신뢰 역시 마찬가지라고 생각한다. 그들에게 기회를 주고 싶지만 그러하기에는 지금의 당면한 상황이 너무 좋지 않다. 결국 그들의 선택에 따라 나는 제거와 회유를 결정할 수밖에 없다."

그의 말이 맞았다. 시간이 없다. 그들을 다독이며 상황을 꾸려 나가기에는 말이다. 프리스트 자작은 고개를 끄덕여 수긍할 수밖에 없었다. 현재의 문제를 확실하게 인식하니 서두를 길게 할 필요는 없었다.

"아마도 연대장급이나 예이츠 백작님 예하의 귀족들에게 그들의 의사를 타진할 가능성이 높습니다."

"회유를 해서 우리의 세력을 줄이고, 타 세력과 연계하여 나파즈 왕국군을 물리쳐 공을 차지하겠다는 생각이로군."

"정확합니다."

"대책은?"

"역으로 이용하면 됩니다. 그들 중에도 흑과 백이 있을 것입니다."

"그들을 가려내자는 말이겠군."

"그렇습니다."

"좋군."

그 말과 함께 카이론은 주변을 둘러보며 한 사람 한 사람에게 눈빛을 마주했다. 그들의 눈빛은 굳은 신뢰로 반짝이이고 있었다.

그에 카이론은 가볍고 고개를 끄덕일 뿐이었다. 그것이 명령이자 지침이 되었다.

설마 했지만 그 상황이 자신에게도 다가왔다. 자신이 정통 귀족이라는 점을 들어서 말이다. 하지만 우스운 것은 이들은 알카트라즈가 어떤 곳이고 가문이 멸문당한 것이 어떤 기분이라는 것을 전혀 헤아리지 못하고 있다는 것이었다.

이들은 스스로가 뛰어나다고 생각하고 있지만 타인이 보기에는 그저 우물 안의 개구리일 뿐이었다. 누군가의 손바닥 위에서 놀아나고 있는 그런 존재 말이다.

"이건 좀 이기적이지 않나?"

"…뭐가 말입니까?"

"사실 에라크루네스 사령관의 말이 틀린 것은 아니지 않나? 지금 자네들은 자신의 목숨과 영지만을 걱정해서… 또는 자신에게 모욕을 주었다 해서 그에게 반하는 것이 아닌가? 그의 말 중에 왕국의 근간이 귀족이 아니라 왕국민에게 있다는 말 때문에 더욱 그렇고 말이지."

"……."

아그리파 백작의 말에 잠시 말문을 닫은 바가우티브 자작이었다. 그것은 여기에 참석한 모든 이들 역시 마찬가지였다.

"진정… 그리 생각하십니까?"

"적어도 영지민을 생각하고 자신이 진정한 귀족이라 여긴 다면 지금 상황에서 따르던 군주를 버리고 다른 군주를 따라 나서야 할 이유가 없지 않은가? 예이츠 백작은 나파즈 왕국과의 전투에서 패했지. 하지만 그는 자신의 실수를 절감하고 카이론 예라크루네스 사령관과 함께 나파즈 왕국의 침략군을 격퇴했네."

"그야……."

"더 듣게!"

반발하려는 바가우티브 자작의 말을 단호하게 잘라 버리는 아그리파 백작이었다. 순간 귀족들과 기사들은 지금의 상황이 묘하게 흘러가고 있음을 느꼈다.

'위험한데…….'

그때 게이트 자작은 그런 생각이 들었다. 자신들은 저자를 회유하기 위해 이 자리를 마련했다. 그런데 반대로 회유를 당하고 있다는 생각이 들고 있었다.

"귀족이라면 그래야 하지. 실수를 했으면 실수를 인정하고 새로운 방도를 모색해야 하지. 2만의 병력으로 10만을 패퇴시키기가 쉬운 줄 아나? 무려 다섯 배네. 다섯 배면 아무리 견고한 석성이라 할지라도 하루 반나절이면 적의 수중에 떨어지게 할 수 있는 그런 무지막지한 병력이지. 자네는 10만이 과연 어느 정도의 수인지 상상은 할 수 있겠나?"

"그……."

상상조차 할 수 없었다. 고작해야 자신의 영지에 있는 몇 천의 병력과 기사들만으로 만족한 웃음을 짓고, 몬스터 토벌 때 일제히 움직이는 1만 내외의 병력과 용병들의 수에 자못 뿌듯함을 감추지 못했던 자신들이었다.

그런데 10만?

그것은 상상조차 할 수 없을 만큼의 병력이라 할 수 있었다. 그때 아그리파 백작은 자리에서 일어나 창 쪽으로 다가가 커튼을 젖히고 그들을 바라보며 입을 열었다.

"10만이면 크릭 성과 워릭셔 성, 그리고 윈저드 성과 연결된 모든 지점을 가득 메울 정도의 병력이네. 그러한 대병력 속에서 적을 죽이고 이 성을 지켜냈으며, 함락당했던 성을 수복했네. 자네들에게 묻지. 그린 후작과 맥그래스 백작 중 과연 10만의 적을 패퇴시킬 자가 있다고 생각하나?"

"대체 지금 무슨 말씀을 하시는 것입니까?"

그에 게이트 자작이 소리치며 의자를 박찼다. 이러다 자신들과 함께하겠다고 다짐한 이들까지 저자의 말에 넘어갈 것 같았다.

"본 작은 지금 사실을 말하고 있는 것이네."

그에 게이트 자작은 슬쩍 바가우티브 자작을 바라보았다. 어찌할 것이냐는 무언의 질문이었다. 그에 바가우티브 자작은 슬쩍 수중에 있던 검병을 잡아갔다. 그에 함께하고 있던 귀족들과 그들을 수행하던 기사들 역시 각자의 검병을 잡아 갔다.

아그리파 백작은 그들을 보며 히죽 웃었다.

"확실히 이럴 줄 알았지. 편협한 아집을 가지고 있는 자들은 항상 자신들의 생각이 옳다고만 하지. 그것이 받아들여지지 않았을 경우에는 자신의 잘못된 생각을 되짚어 보기보다는 자신의 잘못을 가리려 하지."

"죽엇!"

이미 아그리파 백작은 물러날 곳이 없었다. 자신은 혼자고 자신을 죽이려 하는 자는 무려 열 명에 가까우니까 말이다. 하나, 그는 웃고 있었다. 그런 그가 나직하게 웃으며 입을 열었다.

"생각은 너희들만 하는 것이 아님을 아직도 모르는가?"

그러면서 자신에게 쇄도해 오는 기사의 팔을 가볍게 잡아 그대로 창문 밖으로 집어 던져 버렸다.

와장창창!

창문이 깨져 나갔다. 그와 함께 들려오는 소리.

쿵! 와직!

"헛!"

귀족들은 순간 이곳의 출입문을 바라보았다. 출입문이 박살 나며 그곳을 통해 번쩍이는 풀 플레이트 메일을 입은 기사들이 빛보다 빠르게 자신들을 에워쌌고, 그들의 귓가에는 나직한 발자국 소리가 들려왔다.

저벅! 저벅!

그곳에 나타난 자는 카이론 에라크루네스였다.

"다, 당신이 어떻게?"

"당신들은 스스로 똑똑하다 하겠으나, 세상에는 당신들보다 더 똑똑한 자들이 수두룩하다는 것은 모르는 것 같더군."

그리고 카이론의 등 뒤에서 나직한 목소리가 흘러나오면서 한 명의 인영이 모습을 드러냈다.

"끄음."

"저스틴 프리스트 자작?"

"오랜만이네. 윌리스 게이트 자작!"

그에 게이트 자작은 어금니를 꽉 깨물었다. 그러다 주변을 둘러보고는 할 말을 잃었다. 완벽하게 당했다.

"자네는 언젠가는 이런 날이 올 줄을 알았어야 했네."

"네놈이 기어코 나의 앞길을 막는구나."

"어차피 예정된 수순이었을 뿐."

그들이 대화하는 동안 아그리파 백작은 어느새 카이론의 뒤로 돌아가 시립하고 있었다.

"무기를 버려라!"

카이론이 입을 열었다. 하나, 누구도 무기를 버리는 자는 없었다. 카이론의 고개가 모로 꺾였다.

"그래도 최후의 자존심은 있었군."

"우, 우리를 제거한다면 그 후환이……."

"두렵지 않지. 너희들이 없어도 너희들의 영지를 다스릴 자는 많다. 너희들만이 너희들의 영지를 다스릴 수 있다는 생각은 버려라."

"이익!"

제7장
대장정

Warrior

하지만 그 누구도 카이론의 말에 반항하지 못했다. 반항을 하기에는 그의 기세가 너무 무거웠다. 귀족으로서 오롯한 자존심 따위는 자신의 안위를 위협받는 지금 이 순간 저 멀리 사라진 지 오래.

그들은 고개를 숙일 수밖에 없었다.

"영지에서 정예를 모두 불러들인다."

"……."

말이 없었다. 이대로 그의 위협에 무너지기에는 그들의 자존심이 허락하지 않았던 탓이었다.

그러한 그들을 보며 카이론이 진득한 미소를 지었다. 그에 귀족들은 그의 웃음에서 무언가 위험함을 느꼈다.

"싫은가?"

"시, 싫다!"

바가우티브 자작이 용기를 내 입을 열었다. 카이론의 시선이 그에게로 향했다. 무심한 눈동자. 마치 무저갱처럼 아무런 감정조차 담겨있지 않은 시선이 바가우티브 자작의 전신을 옭아맸다.

"1연대장."

"명을!"

"토고로 진격한다."

"명을 따릅니다."

"자, 잠깐!"

카이론의 명을 받은 1연대장이 몸을 돌려 문을 나섰다. 그에 바가우티브 자작은 화들짝 놀라 더듬거리며 입을 열었다. 토고는 그의 영지였다.

하지만 이미 1연대장의 모습은 보이지 않았다. 그 짧은 시간 이미 그는 사라진 것이었다.

"어찌 그럴 수 있단 말이오!"

"말했을 터인데? 말에 대한 책임을 져야 할 것이라고."

"하나! 같은 왕국, 같은 귀족으로서!"

"같은 왕국? 같은 귀족?"

바가우티브 자작의 말을 끊어버린 카이론이었다. 그는 뚫어지게 바가우티브 자작의 바라보며 입을 열었다.

"같은 왕국이라. 그런 자들이 내전을 일으키고 영지전을 하나? 같은 귀족이라고 했나? 언제 나를 같은 귀족으로 대한 적 있던가? 불리하면 귀족이고 불리하면 같은 왕국인가?"

"이익!"

할 말이 없었다. 실제 그랬으니까. 지금도 그렇고.

"후, 후회하게 될 것이오."

"후회는 무슨. 체포하라!"

카이론은 바가우티브 자작의 말을 무시했다.

"명!"

"놔, 놔라!"

양쪽으로 병사들이 다가와 그의 겨드랑이를 제압하자 바가우티브 자작은 격렬하게 저항했다. 하지만 예니체리의 병사들이 어디 예사 병사들이던가? 완력으로 그들을 당해낼 재간이 없었다.

"분명 후회할 것이다! 이거 놔라!"

그는 끌려가면서도 연신 바락바락 외쳐댔다. 귀족들은 얼굴을 딱딱하게 굳힌 채 그 모습을 지켜보았다.

그들은 직감하고 있었다. 자신의 영지로 돌아갈 수 없다는 것을 말이다.

"이게 대체 무슨 무례한 짓이오."

"무례는 너희들이 먼저 저지르지 않았던가?"

"무, 무슨……."

카이론의 말에 더듬거리며 입을 여는 네이런의 빌턴 남작이었다. 그에 카이론은 자신의 옆을 향해 고개를 끄덕였고, 그의 옆을 시종일관 아무런 말없이 지켜서고 있던 알프레드가 허공에 대고 외쳤다.

"미러 이미지."

그에 아무것도 없던 허공에 하나의 영상이 맺히더니 조금 전 자신들이 했던 대화가 토시 하나 틀리지 않고 재생되기 시작했다.

그에 귀족들은 입을 벌린 채 어떤 말조차 제대로 하지 못했다.

이건 빼도 박도 못하는 상황이 된 것이었다. 이 자리에서 자신의 목숨을 취한다 해도 결코 어떠한 말도 할 수 없음이었다.

지금 이곳은 전시 상황이었기 때문이었다. 전시 상황에서는 작전권은 물론, 생사여탈권이 해당 사령관에게 주어짐을 모를 리 없는 귀족들이었으니까.

"하나, 이것은……."

"뭔가?"

카이론의 시선이 돌려지며 답을 하려는 귀족을 바라보았다.

"휘하에 들던지 국왕의 명을 거역한 역적이 되든지. 단, 항명은 용서치 않는다."

고개를 숙을 수밖에 없었다. 이 정도쯤이면 그는 자신들이 어떻게 해볼 수 있는 자가 아님을 인정할 수밖에 없었다. 그것은 게이트 자작 역시 마찬가지였다. 그는 속에서 무언가가 끊임없이 반발을 하고 있었지만 지금 이 순간 그것을 꾹 눌러 참아야만 했다.

'언젠가는 기회가 있겠지.'

지금은 물러설 때이다. 명분도 잃고 기세조차도 잃었다. 이 상황에서 무엇을 어떻게 할 수 있는 방도가 없었다.

"정예를… 부르겠소."

게이트 자작의 말이었다.

"자작님!"

그에 그가 설마 정예를 부르겠다고 할지는 몰랐던 카뮤스 남작이 그를 보며 외쳤다. 그의 시선을 받은 게이트 자작은 고개를 좌우로 저었다. 지금은 물러설 때라는 것을 알리는 것이리라.

"좋군. 삼 일 이내 편제를 마친다."

"명!"

떠나는 자와 남는 자. 카이론은 미련 없이 등을 돌려세웠다. 하나, 남아 있는 귀족들은 그 자리에서 석상이 된 듯 꼼짝도 하지 못했다. 그러한 그들 앞에 남은 자는 프리스트 자작이었다.

게이트 자작의 시선이 프리스트 자작에게로 향했다.

"대단한 사람을 주군으로 섬겼군."

듣기에 따라서는 상당한 비아냥이라 할 수 있었다. 하나, 프리스트 자작은 아무런 표정의 변화도 없이 고개를 주억거리며 돌아서며 입을 열었다.

"처신을 잘해야 할 게야. 저분은 자신을 배신한 사람을 용서치 않는 분이거든. 그리고 한 가지 더 말해 두겠는데 이런 류의 획책은 삼가는 게 좋을 거야. 목 위에 있는 물건을 잘 간수하기 위해서는 말이네."

그 말을 남기고 프리스트 자작이 자리를 벗어났다. 그에 어금니를 꽉 깨물며 손을 부들부들 떨었다.

"감히 네놈이……."

나직하게 짓씹듯이 내뱉는 게이트 자작이었다. 그런 게이트 자작을 뒤로 하고 걸어 나오는 프리스트 자작. 그의 얼굴에는 득의만만한 웃음이 걸려 있었다.

"후후. 게이트 자작. 이것이 시작이라는 것을 잘 모를 게야. 너는 그를 얕보지 말아야 할 게다. 그를 기만하는 순간 땅을 치고 후회하게 될 것이니."

그는 나직하게 게이트 자작에게 경고했다. 하지만 그의 경고는 결코 게이트 자작에게 들리지 않았다. 그러기에는 그의 분노가 너무 과했으니 말이다.

*　　*　　*

이렇게 카이론이 힘으로 혹은 무력으로 귀족들을 휘어잡는 그 순간, 대패를 당한 말론 백작은 딱딱하게 굳은 표정으로 커다란 천막에 앉아 있었다.

그가 있는 곳은 다름 아닌 2군 사령관 아사 팀버레이크 백작의 사령 천막으로 원래의 진격로를 벗어나 1군의 진격로로 진격을 하고 있었다.

"어떻게 된 것이오?"

"패했소."

"패해?"

"그렇소."

"그게 말이 된다고 생각하오?"

"……."

팀버레이크 백작의 물음에 말론 백작은 그저 입을 닫았다.

패장으로서 그에게는 어떠한 변명도 있을 수 없다는 것을 잘 알기 때문이었다. 여기서 구구절절이 말을 한다는 것은 오히려 자신의 못난 꼴을 보이는 것밖에 되지 않는다.

입을 닫은 말론 백작의 모습에 팀버레이크 백작은 한숨을 내쉬며 고개를 저었다. 자신과 뜻이 다르지만 그의 능력은 진짜였다. 한마디로 필생의 적수로 여기는 자가 바로 말론 백작이었다.

적수로서 유일하게 인정하는 그가 패전을 했다는 것은 그만큼 적이 상상 외의 실력이라는 것을 의미함에 팀버레이크 백작 역시 인상을 찌푸릴 수 없었다.

"적장이 도리안 예이츠 백작 맞소?"

"모르오."

"적장을 모른단 말이오?"

"그렇소."

"끄음."

말이 안 된다. 적국을 침략하면서 적국의 귀족을 모른다는 것이 말이다. 분명 죽음의 장벽을 지켜내고 있는 자는 도리안 예이츠 백작이었다.

그런데 말론 백작의 입에서는 '모른다'라는 말이 흘러나왔다.

"정보가… 없는 것이오?"

"그렇소."

"적의 병력은."

"2만 내외일 것이오."

"2만이라 했소?"

"그렇소."

"으음."

말론 백작의 답에 팀버레이크 백작은 침음을 흘리고야 말았다.

10만의 병력이 고작 2만의 병력에 의해, 그것도 적의 정체도 모른 채 패해 도망쳐 왔다는 것에 충격받은 것이다.

"어떻게 다섯 배가 넘는 병력으로……."

그때 누군가가 입을 열어 말도 안 된다는 듯한 표현을 했다.

그들은 팀버레이크 백작의 수족과 같은 이들. 비록 팀버레이크 백작이 말론 백작을 자신의 적수로 인정했지만 그를 따르는 이들까지 그를 적수로 인정한 것은 아니었다.

"어떻게……."

그들은 말론 백작에 따지고 싶었다. 하나 이 자리에는 자신들만 있는 것이 아니었고, 또한 팀버레이크 백작이 있었다. 그가 입을 꾹 닫고 있는 상황에서 자신들이 나서서 무어라 하는 것 자체가 하극상이라 생각하는 이들이었다.

"본국에 통신은 했소?"

"그렇소."

"그렇구려. 그럼 쉬시오."

"배려 고맙소."

끄덕.

팀버레이크 백작은 말론 백작의 말에 말없이 고개를 끄덕일 뿐이었다. 말론 백작은 팀버레이크 백작을 뒤로 하고 그의 천막에서 나왔다. 시리도록 푸른 하늘이 눈으로 들어왔다. 그는 깊게 한숨을 내 쉰 후 입을 열었다.

"아사 팀버레이크여. 부디 그를 얕보지 않기를 바라네. 나 또한 그러했기에 이리 되었으니 말이네."

그의 심정은 진심이었다. 그를 얕본다면 그는 오히려 자신보다 더 처참하게 당할 수 있었다. 자신은 그래도 죽음의 장벽 중 세 개의 성을 함락시켰다. 하나, 그가 처음부터 참전했다면 자신은 결코 세 개의 성은커녕 단 한 발자국도 움직이지 못했을 것이다.

말론 백작은 자신의 뇌리 속에 남아 있는 그 전율스러운 적장의 모습이 흠칫 몸을 떨었다. 생각할수록 그의 모습은 지워지기는커녕 더욱더 강렬하게 각인되어 가고 있었다.

그러한 말론 백작의 마음을 아는지 모르는지 팀버레이크

백작을 중심으로 앉아 있는 귀족들은 소리 높여 말론 백작을 성토하고 있었다.

"염치도 없군. 다섯 배가 넘는 병력으로 패하고 여기까지 오다니 말입니다."

"그러게 말입니다. 저 같았으면 그 자리에서 칼을 물고 죽었을 것입니다."

"평소 그리도 오만하더니 오히려 후련합니다."

"그래도 그렇지. 대체 본국에서는 무슨 생각으로 그를 소환하지 않고 대기하라고 했단 말입니까?"

귀족들은 말론 백작이 나가자 이런저런 말을 주저 없이 내뱉기 시작했다. 그러한 그들을 보며 팀버레이크 백작은 가타부타 말을 하지 않았다. 실제 그는 지금 깊은 생각에 잠겨 있었다.

말론 백작이 조금은 독선적이지만 그가 무능한 것은 아니었다. 아니 전술적인 면에서는 상당히 뛰어나다고 할 수 있었다. 그리고 그를 따르는 크리스 코헨 군사장은 본국에서 알아주는 수재가 아닌가?

그러한 그들이 패했다.

이것은 분명 무언가 있다는 말이었다. 그리고 그들은 예이츠 백작에게 패한 것이 아니었다.

'필시… 기습이었을 것이다. 하지만 그 수조차 제대로 파

악하지 못했다는 것은······.'

도대체 알 수가 없었다. 아무리 대단한 적이라 할지라도 그 수조차 제대로 가늠하지 못한 것은 문제가 조금 있었다. 적에 대해서 아무것도 모르는 백지 상태로 진군하게 되기 때문이었다.

"그리고 적장을 모르다니, 그게 말이나 됩니까? 어찌 우리가 모르는 적장이 있을 수 있다는 말입니까?"

"옳소. 이것은 필시 말론 백작이 우리에게 알려주기 싫어서 하는 변명일 것이오."

그들은 말론 백작의 말을 그렇게 곡해하고 있었다. 그러한 그들을 보며 짧게 입맛을 다실 수밖에 없는 팀버레이크 백작.

뛰어나긴 하나 태생적으로 저들은 그 한계를 뛰어 넘지 못하고 있었다.

그렇다고 저들을 면박을 줄 수는 없었다. 이곳은 전장이고, 전장에서는 이런 괄괄함이 필요하니까. 더군다나 이들은 자신에게 충성을 다하는 이들이니 당연히 자신이 챙겨야 하는 것이 맞았다.

하지만 저들의 행태를 보니 조금은 답답하다는 생각이 가슴에 밀려 들어왔다.

"조용!"

팀버레이크 백작의 입에서 나직한 음성이 흘러나오자 모

두들 입을 닫았다. 그만큼 이곳에서 그의 존재는 절대적이라 할 수 있었다.

"다들 전투를 준비하게. 말론 백작이 비록 내 반대편에 서 있는 귀족이기는 하나 허튼소리를 내뱉을 사람이 아님을 다들 알 것이야. 그리 알고 철저히 준비토록 하게. 출발은 명일 오전 7시네."

"명을 따릅니다."

귀족들이 막사를 나갔다. 하지만 그들을 따라 나서지 않은 이들이 있었으니, 다듬지 않은 송곳 수염에 고리눈을 한 자와 얄팍한 입술로 인해 지극히 냉정하게 보이는 이 한 명이었다.

그들은 팀버레이크 백작의 오른팔과 왼팔이라 할 수 있는 기사단장 라인하르트 히믈러와 참모장 에른스트 칼텐부르너였다. 기사단장 라인하르트 히믈러는 어렸을 적부터 팀버레이크 백작과 형제처럼 지낸 자로, 생긴 것은 무식한 용병이었나 그 행동은 여우처럼 교활했다.

사람들은 대체로 히믈러의 그런 겉모습에 혹은 그의 아둔한 행동에 속고 있었으나, 그의 진면목을 아는 팀버레이크 백작은 결코 그를 간과하지 않았다. 오히려 더욱 곁에 두어 절대 자신을 벗어나지 못하도록 했다.

그것은 칼텐부르너 군사장 역시 마찬가지였다. 그는 백작의 자리에 오르기 위해 회유한 자로서, 그 냉정할 정도의 상황 판단력은 그야말로 발군이라 할 수 있었다.

다만, 그에게는 인간미가 없었다.

마치 뱀을 보는 듯한 그의 모습이었다. 그래서인지 그는 홀로 지내는 시간이 많았다. 가족도 친구도 연인도 없었다. 오로지 그의 머릿속에는 전략과 전술로만 가득 차 있는 자라 할 수 있었다.

만약 이 둘이 없었다면 자신은 백작이라는 자리에 오르지 못했을 것이다. 겨우 한적한 변방의 몰락해 가는 남작 가문 그대로 남았을지도 모를 일이었다.

"어떻게 생각하나?"

"무언가 있습니다."

"나도 그렇게 생각하네."

팀버레이크 백작의 말에 무직하고 걸걸한 목소리가 화답을 했다. 기사단장 히플러였다. 그는 답을 한 후 칼텐부르너 군사장을 바라보았다.

"병사들의 이야기를 들었습니다."

그의 말에 둘 다 고개를 끄덕였다. 일반적인 군사장이라면 병사들에게 직접 묻지 않는다. 하지만 칼텐부르너 군사장은 직접 병사들을 찾아다니며 전투 당시의 상황에 대해 심문하고 다녔다.

그리고 완전히는 아니지만 어느 정도 정황 파악이 끝난 것처럼 보였다.

"적의 병력은 2만에서 2만 2천 정도일 것이라 판단되며, 가장 주의할 자는 두 명으로 판단됩니다. 한 명은 말론 백작님이 언급했던 적장으로 병사들 말로는 그저 괴물 같았답니다. 2미터가 넘는 키에 칠흑의 풀 플레이트 메일, 그리고 기형적으로 거대한 언월도와 일당백의 무력까지 말입니다."

"덩치로 보면 괴물은 괴물이로군."

팀버레이크 백작은 슬쩍 고리눈을 하고 있는 히플러 단장을 바라봤다. 그런 팀버레이크 백작을 뚱하게 바라보는 히플러 단장.

"전 그에 비하면 아담합니다."

스스로를 아담하다고 말을 하는 히플러 단장. 사실 그의 신장은 189㎝. 결코 아담하다고 할 수 없는 그런 신체였다. 하지만 장소를 가리지 않고 뜬금없이 터지는 그의 그런 말은 그의 진면목을 가려주는데 단단히 한몫을 해주고 있었다.

"군사장의 생각이 옳다고 보는가?"

"병사들의 상처와 부상병들의 상처를 살펴봤습니다. 경계해야 할 다른 한 명은 적어도 그보다 가슴 하나는 더 클 것 같습니다."

히플러 단장 역시 가만히 있지는 않았다. 그 역시 패배의 원인을 알기 위해 직접 나섰다.

팀버레이크 백작이 유일하게 인정하는 귀족이 말론 백작이었다. 그런데 그러한 그가 힘 한 번 제대로 써보지 못하고 절반이 넘는 병력을 잃으며 패퇴했다.

다른 사람들은 그를 뭐라 해도 자신은 그래서는 안 된다. 자신의 절친이자 주군이 인정한 사람을 그렇게 폄하해서는 안 되는 것이니까 말이다.

그래서 원인을 분석하기 위해 이런저런 궁리를 하던 판국에 말론 백작을 따라 나선 기사의 상처를 우연히 보게 되었다.

그런데 상처에는 아직도 전장의 기운이 남아 있었다. 그 기사의 상처를 보는 순간 히플러 단장은 모골이 송연해짐을 느낄 수 있었다.

정녕 믿을 수 없는 상처였다. 압도적인 무언가에 의한……

이것은 거짓말이다. 있을 수 없는 일이다.

하지만 히플러 단장은 외면하지 않았다. 자신의 등골을 서늘하게 하는 그 날카로움을 말이다. 그리고 기사에게 당시의 상황을 물었고, 전신에서 솟아나는 호승심에 계속 병사들과 기사들을 탐문했다.

그리고 그는 탐문을 하면 할수록 전율이 이는 것을 느꼈다. 상대를 단 한 번도 보지 못했으나 당장 눈앞에서 서 있는 것처럼 느껴졌다. 상처의 주인은 자신이 그리도 그리던 기사의 모습이었다.

수만의 적이 있음에도 불구하고 당당하며, 말보다는 오로지 힘으로 모두를 발아래에 굴복시키는 자.

어찌 전율하지 않을 수 있겠는가?

뿐만 아니라 그 주변에는 수없이 많은 강자들과 그보다 더 거대한 배틀액스의 기사 역시 있었다고 하니 그의 가슴에는 뭔지 모를 흥분과 기대로 가득 찼다. 이것은 전투하기 이전에 혈류를 팽창시키는 그런 류의 긴장감이 아니었다.

그가 느끼고 있는 것은 강자에 대한 동경심이자 목마름이었다. 나파즈 왕국에도 강자는 많다. 하지만 그 강자들은 목숨을 걸려 하지 않는다. 왜냐하면 죽일 이유가 없으니까.

그런데 이들은 죽이지 않으면 내가 죽어야 하는 그런 강자들이었다.

그래서 히틀러 단장은 소름이 끼치도록 기분이 좋은 상태였다. 그래서 심장이 뛰었다. 자신의 주군이 있는 이곳에서도 귀족가의 여인네와 사랑에 빠진 것처럼 주체할 수 없는 흥분을 느낄 정도로 말이다.

"또 호승심이 도진 것이로군."

그런 히틀러 단장을 대수롭지 않게 대하는 팀버레이크 백작. 과거에도 종종 강자를 보면 저렇게 흥분하는 경우가 있었다.

하지만 그리 걱정하지는 않았다. 호승심이 강하기는 하지만 상황을 잊고 미친 듯이 매달리지는 않으니까 말이다.

"더 알아 낸 것은?"

"그들 중 저와 비견될 정도의 지략가가 있다는 것입니다."

스스로의 얼굴에 금칠을 하는 격이지만 칼텐부르너는 무척이나 당연하다는 듯이 비유를 했다. 하지만 그를 제외한 팀버레이크 백작과 히틀러 단장은 무척이나 놀란 표정을 지어보였다.

"경과 비견할 만하다?"

"그렇습니다."

"어떤 면에서?"

팀버레이크 백작의 물음에 자신의 앞에 놓인 차 한 잔으로 목을 축인 칼텐부르너 군사장이 조용히 입을 열었다.

"최초 그들과 접촉했던 건 야간 기습에서라고 들었습니다. 아무리 어둠 속이라지만 적의 병력을 확인하지 못할 말론 백작이 아니고 코헨 군사장이 아닙니다."

"그… 렇군."

사실 그랬다. 수없이 많은 영지전과 야만인과의 전투를 치러 온 나파즈 왕국의 귀족이다.

그런데 아무리 어둠 속이고 경황 중이라고는 하나 적의 병력을 헤아리지 못한다? 이것은 정말 이상한 것이었다.

처음 설명을 들었을 때 의문을 가졌던 첫 번째였다.

"그리고 그들은 기습을 하기 전 이미 점령당한 세 개의 성을 회복하고 아군의 배후를 둘러쌌습니다. 병력의 수를 혼동할 수 있게 병력을 잘게 잘라 강력한 일격을 선사했음은 물론이고 말입니다."

칼텐부르너 군사장의 말에 팀버레이크 백작은 고개를 주억거렸다. 의문이 들었던 점을 명확하게 짚어내고 있었기 때문이었다.

동시에 그것이 모두 적의 치밀한 계략이었다고 생각하니 소름이 끼칠 정도였다.

'또 다른 천재인가?'

이 시대에는 천재가 너무 많았다. 당장에 눈앞에 있는 군사장만 해도 그렇다. 그 역시 정말 인간이 맞는가? 하는 의문이 들 정도다.

단순히 병사들의 말과 전해들은 보고만으로 전장의 모든 것을 눈앞에서 보는 것인 양 예측해 내고 있지 않은가?

"그래서 결론은?"

"신중해야 합니다."

"자네가 말을 했으니 신중해야 하겠지. 방법은?"

"둘로 나눠진 선발대 1만이 필요합니다."

"흐음. 둘이라면… 이곳과 이곳으로 보내 적들의 병력을 분리시키자는 말이겠군."

"더불어 본대는 빠르게 중앙을 치고 들어가고 말입니다."

칼텐부르너 군사장의 말에 팀버레이크 백작이 턱을 매만지며 지도를 보다 두 곳을 지적하며 입을 열었고, 히플러 단장 역시 손가락을 쭈욱 밀며 입을 열었다.

오랫동안 같이해 온 전력이 있어서인지 칼텐부르너 군사장의 의도를 정확하게 파악하는 둘이었다.

"이걸로 끝인가?"

"때로는 가장 간단한 방법이 가장 강력한 방법이 되는 법입니다."

칼텐부르너 군사장의 말에 고개를 끄덕이던 팀버레이크 백작. 하나, 그는 재차 물었다.

"정말 이것으로 된 것인가?"

뭔가 미진했다. 너무 단순했다. 칼텐부르너 군사장의 말에 동의하지 않은 것이 아니었다. 이미 다섯 배가 넘어가는 병력은 어떤 작전이라도 가능케 할 수준이니까 말이다. 그런데 평소 칼텐부르너 군사장의 치밀함이라면 이대로 끝나지는 않을 듯싶었다.

"음… 한 가지 더 있긴 합니다."

"그 한 가지를 듣고 싶군."

그제야 슬며시 미소를 떠올리는 팀버레이크 백작이었다. 그의 얼굴에는 '그러면 그렇지!' 라는 표정이 역력했다.

"세작들의 정보를 취합해 본 결과 적들 사이에서 심상찮은 균열이 발견되었습니다."

"정보원의 수준은?"

"고위급입니다."

"허~"

"정신머리 하고는."

칼텐부르너 군사장의 말에 팀버레이크 백작과 히믈러 단장은 각자 한마디씩 던졌다. 여기서 군사장이 말한 고위급이란 바로 귀족을 뜻하는 말이었다. 그래서 그들은 혀를 찬 것이다.

자신들은 적국이었고 침략자였다. 그런데 그런 중요한 정보를 흘린다? 아무리 돈이 좋다고 하지만 이것은 정말 아니었다.

"카테인 왕국의 귀족들은 썩었군."

"고인 물은 썩게 마련입니다."

"그들은 고인 물이 아니지. 불과 몇 달 전까지 북방의 바이큰 족과 전쟁을 치렀던 왕국이네. 그런 왕국이 고인 물이라고?"

"아니면 너무 오랫동안 싸워왔던 탓에 무뎌진 것일지도 모롭니다."

"그래. 오히려 그 말이 더 설득력 있군. 그래서?"

팀버레이크 백작이 물었다. 적의 정신이 썩었다면 아군에게 좋은 일이었다. 무뎌졌든 혹은 돈에 환장했든지 말이다.

"그 균열을 조금 더 크게 벌려야 할 것 같습니다."

"균열을 벌린다라……."

조용히 몸 전체를 의자에 파묻는 팀버레이크 백작이었다. 칼텐부르너 군사장은 더 이상 말을 늘어놓지 않았다.

자신이 선택한 주군에게 생각할 시간을 주는 것이었다. 생각하지 않는 주군이란 그에게는 존재할 이유조차 없으니까.

그러기를 한참. 마침내 팀버레이크 백작의 입이 열렸다.

"내부는 힘들 터이고, 외부에서 균열을 만들 생각인가?"

팀버레이크 백작의 말에 칼텐부르너 군사장은 희미하게 미소를 떠올렸다. 역시 자신이 주군으로 삼을 만한 자는 팀버레이크 백작밖에 없었다.

"카테인 왕국 남부의 상황이 참으로 미묘하더군요. 중앙과는 멀어져 있고, 마치 하나의 공국처럼 세 개의 세력으로 갈라져 그 속에서 서로 견제를 하고 있었습니다. 단, 예이츠 백작은 그 의문의 사령관에게 복속되었습니다."

"흥미롭군."

흥미를 보였다. 이런 부분까지 놓치지 않아야만 자신이 인정하는 칼텐부르너 군사장이라 할 수 있었다.

"그래서 어느 쪽을 이용할 셈인가?"

"그들이 평가하기로는 체이스 그린 후작은 만인을 포용할 수 있다 하나 음흉하여 그 속을 알 수 없으며, 우유부단한 성격이라 할 수 있습니다. 프랭크 맥그래스 백작은 불같은 성정에 나름의 기준이 있어 호불호가 갈리는 자로, 기사 출신의 귀족이나 기사들이 그를 따르는 형국입니다."

"하면, 우리는 맥그래스 백작인가?"

"아닙니다. 오히려 체이스 그린 후작이 합당합니다."

"흐음."

턱을 매만지는 팀버레이크 백작. 왜 그를 선택했을까? 우선 세력이 있을 것이다. 아무리 백중세라고는 하지만 후작과 백작이라는 작위에서 오는 무게감은 절대 함부로 판단할 수 있는 것이 아니다.

결국 세력적인 면에서는 아무래도 후작 쪽이 더 유리할 것이다.

둘째는 아마도 정신적인 함정일 가능성이 높다.

군사장의 평가대로라면 체이스 그린 후작의 주변에는 많은 귀족들이 있을 것이다.

하지만 정작 그 자신은 그들을 믿지 않을 것이다. 음흉한 자는 수하를 믿지 못한다. 결국 음흉함이란 의심에서 나오는 것이니 말이다.

"그의 성격을 이용하자는 것이로군."

"그렇습니다. 스스로 뛰어남을 아는 자이기에 오히려 저희들의 함정에 걸릴 확률이 더욱 높습니다."

"알고서도 함정 속으로 들어간다는 것이로군. 자신의 의문을 풀기 위해서……."

"맞습니다."

"그럼 우리는 조금 더 여유를 가져야 하겠군. 전황이 충분히 무르익을 수 있게 말이네."

"지당하신 말씀입니다."

"후우~"

팀버레이크 백작은 갑자기 깊은 한숨을 내쉬었다. 그에 칼텐부르너 군사장과 히믈러 단장은 의문이 깃든 눈으로 그를 바라보았다.

"자네가 내 군사장이었기에 망정이지, 적의 군사장이었으면 나는 차라리 칼을 물고 자결했을 것이네."

팀버레이크 백작의 마에 히믈러 단장은 그 마음을 이해한다는 듯이 고개를 끄덕였다. 확실히 이 창백하고 냉정한 칼텐부르너 군사장은 그런 소리를 들을 만한 자격이 있었기 때문이었다.

"좋네. 작전을 실행하게."

"명을 받듭니다."

*　　　*　　　*

"적이 움직였습니다."

"어느 쪽으로?"

"체이스 그린 후작 쪽입니다."

"흐음."

카이론과 라마나의 대화였다. 지금 카이론이 집무실에는
그 둘 이외에 키튼, 아시커나크, 슐리펜, 예이츠 백작, 그리고
프리스트 자작과 불카투스가 자리하고 있었다.

"내통한 자는?"

"예상한 대로 게이트 자작과 바가우티브 자작이다."

아시커나크의 말에 카이론은 살짝 눈살을 찌푸렸다. 한 명
도 아닌 두 명이 되는 이들이 적과 내통을 했다.

그는 슬쩍 프리스트 자작을 바라보았다. 게이트 자작이라
는 말이 나올 때 프리스트 자작의 얼굴은 침중하게 굳어져 있
었기 때문이었다.

"방안은?"

"먼저 움직이는 것이 옳습니다."

라마나는 조용하게 입을 열었다.

"먼저 움직인다고 해서 그가 우리를 수용할까?"

"수용하지 않을 것입니다."

"…결국 이렇게 되는군."

침중하게 카이론이 입을 열었다. 사방이 적이었다. 적과 타협할 수는 없었다. 유연하게 대처하고 그들을 회유할 시간 조차 없었다.

내부의 균열은 이제 점점 더 커지고 있었다. 하지만 안팎으로 적을 맞이했으니 어떻게 보면 해답이 보이지 않는 상황이라 할 수 있었다.

"지금의 상황에서는 각자의 역할을 나눠야만 합니다."

"그렇겠지."

하지만 쥐어짤 수밖에 없었다.

"먼저 슐리펜 경이 그린 후작을 만나야 할 것 같습니다."

"그러지."

아주 가볍게 고개를 끄덕이는 알프레드였다. 그는 자신이 해야 할 일은 정확하게 인지하고 있었다.

이곳에서 그는 가장 연장자라 할 수 있었다. 겉보기에는 겨우 40대처럼 보이지만 이미 자글자글한 주름살을 보여주는 스키피오와 동시대의 사람이니 당연한 일일 것이다.

그리고 후작 정도 되는 이와 단독으로 면담을 하고 그를 설득할 만한 역량을 지닌 자는 역시 그밖에 없었던 탓도 있었다. 그린 후작이 능구렁이라면 알프레드는 능구렁이를 잡아먹는 매와 같은 존재니까 말이다.

"다음 예이츠 백작께서는 맥그래스 백작을 맡아주셔야 할 것 같습니다."

"역시 나인가?"

"지금 상황에서는 맥그래스 백작과 가장 잘 통하는 이가 백작님이십니다."

"어쩌면 그럴지도⋯⋯."

맥그래스 백작의 성정은 정통 기사에 가깝다. 국왕에 충성하고 약자를 배려하는 그런 것 말이다.

물론, 이 어지러운 난세를 살아가기 위해 세력을 구축하고 있기는 하지만, 그러한 면에서 예이츠 백작과 맥그래스 백작은 서로 통하는 면이 없지 않아 있었다.

두 명이 각자의 임무를 맡았다. 하지만 여전히 회의는 진행 중이었다.

"적의 작전은 어떻게 되지?"

"선발대로 좌우 1만의 병력과 본진의 중앙 돌파다."

은신 망토로 인해 적의 깊숙한 곳까지 잠입한 아시커나크. 그는 적의 한마디, 한마디를 모두를 기억하고 있었다.

"고마운 일이로군."

설명을 들은 카이론이 입을 열었다. 10만의 적들에게 고맙다니. 어느 귀족이 들었다면 거품을 물고 졸도했을 것이 분명하지만 카이론에게는 확실히 고마운 일이었다. 함께 오는 것보다 분리되어서 오는 것이 훨씬 편하니까 말이다.

그의 자신만만하고 여유로운 표정. 그것은 여기 있는 이들에게 자신감을 심어주기에 충분했다.

무릇 한 무리를 이끄는 자는 자신만만하고 언제나 여유롭게 움직여야만 한다. 그래야 휘하에 든 이들이 여유로워진다.

여유롭다는 것은 실수를 하지 않고 생각이 깊어진다는 것을 의미한다. 전쟁 중에는 강한 자가 이기는 것이 아니라 침착한 자가 이기는 것이다.

물론, 한계를 뛰어 넘는 강함은 침착함을 누르겠지만 그들에게 있어 카이론보다 강한 자는 없다.

고대의 드래곤이나 마족이 다시 현신한다면 모를까 말이다.

"비수 진지의 전설을 재현해야 하지 않을까 싶습니다."

"그거 좋구만요."

비수 진지의 전설. 그것을 아는 이는 아시커나크와 라마나, 그리고 키튼. 이렇게 셋뿐이었다. 나머지 인원은 그 이후에 그의 휘하에 들었기에 그 말이 무슨 말인지 몰라 의문에 찬 눈빛을 했다.

"비수 진지라… 들은 적 있지."

그때 알프레드가 잘 다듬어진 수염을 쓰다듬으며 입을 열었다. 아무래도 국왕의 최측근에 머물던 사람이라서인지 그는 왕국 전체에서 일어나는 일을 한눈에 꿰고 있었다.

"그런 작전이 필요한 것은 역시 적에게 경각심을 줘 함부로 치고 들어올 수 없게 하자는 것이겠지?"

"그렇습니다. 아무리 10만의 병력이라고는 하나 1만의 병력이 결코 작은 숫자는 아닐 것입니다. 그러한 이들이 제대로 된 작전조차 수행하지 못하고 사라졌다고 하면, 혹은 복귀 후 정신 이상 증세를 보인다면 어떻게 되겠습니까?"

"망설여지겠지."

당연히 망설여진다. 그리고 그것은 소문으로 퍼질 것이다. 전장은 진실보다는 소문이 더 무서운 법이니까.

소문이 퍼지면 시간을 벌 수 있다. 남부가 힘을 모을 시간을 말이다.

"불카투스는 어울리지 않겠군."

"한 명쯤은 이곳에 남아 지휘를 해줘야 합니다."

"지휘는… 나와 맞지 않는군."

시종일관 조용하게 입을 다물고 있던 불카투스가 입을 열었다. 그는 전사였지 지휘를 하는 지휘관이 아니었다. 백만의 적을 깨부수라면 부술 수 있겠으나, 열 명의 수하를 지휘하라면 쉽지 않을 것이라는 것이 그의 생각이었다.

하지만!

"이제는 익숙해 지셔야 합니다."

라마나는 단호하게 입을 열었다. 무력과 함께 군을 통수할 수 있는 역량을 키워야만 했다. 믿을 만한 지휘관이 많이 모자랐다. 지금은 준비를 해야 할 시간. 어렵지만 하나씩 이룩해 나가야 할 시간이었다.

"…그래야겠지."

불카투스는 인정했다. 피한다고 해서 해결될 일이 아니었다. 피할 수 없으면 맞서 싸워 이겨내야만 했다. 자신을 위해가 아니라 혹시라도 살아 있을지 모를 자신의 동족을 이끌기 위해서라도 말이다.

평화로울 때 전쟁을 준비하는 법이다. 지금이 그때이다.

물론, 절대 지금의 상황이 평화로운 상황은 아니었다. 하지만 이 치열함 속에서도 자신은 반드시 해야 할 목적이 있으니 그 목적을 달성하기 위해서는 많은 것을 배워야만 했다.

"그럼 결정이 났군."

"그렇습니다."

"특전대대를 둘로 나눈다. 5백은 내가, 5백은 키튼이 맡는다. 이상!"

명이 떨어지자 각자 자신이 맡은 바 임무를 완수하기 위해

흩어졌다. 다만 알프레드만이 남아 카이론을 대면하고 있었다. 그 둘은 한참 동안 말이 없었다.

"하시고 싶은 말이 있으면 해야 하지 않겠습니까?"

카이론이 먼저 입을 열었다. 그런 카이론을 빤히 바라보는 알프레드. 그러다 아주 느릿하게 입을 열었다.

"자네… 어디까지 가고 싶은가?"

"……."

그에 카이론은 입을 닫을 수밖에 없었다.

지금까지 생각해 본 적이 없었다. 자신이 어떤 꿈을 꾸고 어떻게 살아가야 하는지. 그런데 갑작스럽게 이렇게 전면에서 질문을 받자 조금은 황당해지는 느낌까지 들었다.

그래서 카이론은 생각에 잠겼다.

'과연 나는 무엇을 바라고, 어디까지 가고 싶어 하는 것일까?'

그는 스스로를 자책했다. 자신은 누군가를 이끄는 자리에서 있었다.

예니체리 사단의 사단장이었으나 그를 사단장이라고 부르는 이들은 없었다.

그는 사령관이지 사단장이 아니었다. 사단장이란 그저 사단만 잘 이끌어 가면 된다. 하지만 사령관은 다르다.

'미련했군.'

카이론은 피식 웃었다. 적들을 향해 무서울 정도로 치밀하게 계산하고 작전을 짜내면서도 정작 자신을 따르는 이들의 마음을 헤아리는 데에는 너무나도 둔했기 때문이었다.

'그런데… 가능할까?'

불현듯 떠오르는 생각. 가능할까? 신분제를 없애는 것이.

아마도 불가능할 것이다. 자신이 제국을 만들고, 아니, 그건 대륙을 일통한다 해도 마찬가지일 것이다.

신분제는 없어지지 않을 것이다. 왜냐하면 이 세계는 그렇게 굳어져 있기 때문이었다. 어떻게 보면 과학보다 무서운 마법이라는 학문이 있음에도 불구하고 이들은 지구로 치면 중세에 머물러 있었다.

왜 그럴까? 이유는 카이론 그도 모른다. 단지, 정체되어 있다는 것만 알 뿐. 하지만 방법이 전혀 없는 것은 아니었다.

신분제는 그대로 유지한다. 하지만 영지도 주지 않고, 자치적인 권력을 인정하지 않으면 될 일이었다.

물론, 말처럼 그렇게 쉽게 될 일은 아닐 것이다. 작은 영지라면 모를까… 작다 해도 한 왕국이다.

쉬일 리가 없었다.

'그것이 내가 이곳에 온 이유일까?'

이제야 생각해 보지만 자신이 이곳에 온 이유가 무엇일까? 우연? 아닐 것이다. 세상에는 원인 없는 결과는 없다. 자신이 이곳에 온 것이 아주 작은, 마음을 쓸 일도 아닌 그런 사소한 이유일지는 모를지라도 절대 그냥 온 것은 아닐 것이라는 생각이 들었다.

'그렇다면 스스로 찾아보는 것도 상당히 의미 있는 일이 되겠지.'

짧은 순간 카이론은 많은 생각을 했다. 그리고 결론을 지었다.

"카테인 왕국쯤이면 적당하겠군요."

"고작 왕국?"

"지금은 이 상황을 벗어나기에도 급급한 상황입니다."

"내 손을 빌린다면 그리 어렵지 않지. 자네가 말했던 것처럼 나는 7서클의 마법사야. 말이 7서클이지, 지금의 나는 고대 시절의 마법사와 같네. 단지, 자네가 나를 활용하지 않을 뿐."

알프레드가 그리 말하였다. 카이론은 그의 말에 고개를 주억이며 인정했다.

"하나, 인간의 역사는 인간에 의해 만들어져야 하지 않을까 생각합니다. 당신이 개입하면 결국 인간의 역사가 아닌 드래곤의 역사, 혹은 이종족의 역사가 되지 않을까 합니다. 그러했기에, 스스로의 역사를 저버렸기에 이종족이 사라졌지 않나 싶기도 하고 말입니다."

지금까지 했던 말 중 가장 길게 말을 하고 있는 카이론이었다.

"그렇기도 하군. 인간은 스스로의 역사를 만들어왔지. 그러하기에 이렇게 번성하는 것이고 말이네. 하지만 내 덕에 자네가 생각을 정리했다는 것이 마음에 드는군."

그 말을 하면서 자리에서 일어서는 알프레드였다. 그는 역시 드래곤이었다. 아무리 인간의 모습을 한 채 유희를 즐기고 있다지만 냉철했다.

하나, 그것은 카이론이라는 존재가 앞에 있기에 드러내는 것이었다.

아직도 카이론 말고 그 누구도 그의 현재 모습에 대해서 의구심을 가지지 않았다. 그는 그만큼 철저한 드래곤이었다.

"그럼 앞으로를 기대해 보지."

그 말을 남기며 카이론의 면전에서 흔적도 없이 사라져 버리는 알프레드였다. 그가 사라진 자리를 그저 멍하게 바라보던 카이론. 그는 자리에서 일어나 한참 부산하게 움직이고 있는 연병장을 지켜보았다.

"2라운드의 시작이다."

제8장

지옥

Warrior

"오는군."

카이론은 높은 나무 위에 앉아 KXM109의 개머리판을 자신의 어깨에 밀착시켰다. 나무 위이기 때문에 앉아 쏴 자세였다.

하지만 그의 모습은 전혀 흔들림 없었고, 표정의 변화 역시 없었다.

KXM109의 방아쇠에 그의 검지가 끼워졌고, 가볍게 숨을 들이쉬었다.

아주 가늘고 길게. 전혀 숨을 쉬지 않은 것처럼 고요한 상태가 되었다. 망원 스코프로 타깃을 골랐다.

곧이어 그의 총구가 멈춰 섰다.

투웅!

소음기가 장착된 그의 저격총에서 묵직함이 느껴지는 나직한 소리가 흘러나왔다. 카이론은 미동조차 하지 않은 채 다음 타깃을 향해 저격총을 이동했으며 곧바로 사격에 들어갔다. 끊임없이 이어지는 그의 저격.

너무나도 편안하게 진행되고 있었다. 하나, 당하는 입장에서는 그것은 지옥과 공포나 다름없었다.

소리도 없다.

불꽃도 없다.

어디서 쏘는지도 모른다.

몸을 숨겼음에도 불구하고 정확하게 머리가 터져 나가는 상황이었으니까.

최초.

퍼억!

"어? 이봐!"

정찰 도중 힘없이 쓰러지는 동료. 놀라 쓰러진 동료 일으켜 세우는 병사. 하나, 이내 심장이 튀어 나올 만큼 놀라 경악성을 토해 내야만 했다.

"허억! 소, 소대장님!"

병사는 자신이 정찰 중이라는 것조차 잊어버린 채 큰 소리
로 소대장을 불렀다. 그에 그의 곁에 있던 병사는 소리친 병
사의 목을 움켜잡으며 으르렁거렸다.

"미쳤나?"

나직한 그의 말에 병사는 그제야 자신이 실수를 인지했다.
그와 함께 눈을 굴려 쓰러진 병사에게로 향했고, 병사의 멱살
을 잡은 병사 역시 시선을 그곳으로 두었다. 그리고 눈이 커
지려는 그 순간.

퍼벅!

두 명의 병사가 한꺼번에 머리가 터져 나가고 있었다.

"산개! 은신!"

순간 정찰 소대 소대장의 외침이 들려왔다. 하지만 소용없
었다. 소리 없는 죽음의 손길이 그들을 덮쳐들고 있었음이
니……

커다란 나무뿌리를 엄폐물 삼아 그 속으로 들어가 몸을 숨
긴 소대장은 주변을 훑어보았다.

그 짧은 시간 동안 열 명에 이르는 소대원이 죽어나갔다.

"통신병! 통신병!"

나직하게 통신을 담당하는 병사를 불렀다. 하나, 아무리 불
러도 대답이 없었다.

"주, 죽었습니다."

그때 부사관으로 있는 하사가 통신을 담당하는 병사가 짊어지고 있던 통신 장비를 끌고 오며 입을 열었다.

그에 소대장의 눈이 멀찌감치에서 머리가 터져 죽어 있는 병사에게로 시선이 향했다.

소대장의 얼굴은 딱딱하게 굳어져 있었다.

'대체……'

알 수 없었다. 화살도 아니었다. 마법도 아니었다.

하지만 모습을 드러내는 순간 병사들의 머리가 터지며 죽어 나자빠졌다. 흔적조차 남기지 않은 적. 도대체 어떻게 한 것이란 말인가?

도무지 알 수 없었다. 통신 장비를 가져온 하사가 전방 상황을 살피기 위해 머리를 들어 올리는 그 순간이었다.

퍼억!

머리가 터져 나갔다. 검붉은 핏물과 허연 뇌수가 소대장의 전신을 덮쳤다.

소대장은 덜덜 떨리는 손으로 통신 장비에 마나를 불어 넣었다.

"다, 당소 여우 자, 잡이! 다, 당소 여, 여우 잡이… 여, 여우 둥지 대답하라."

마나를 있는 대로 불어 넣으며 정신없이 본대를 부르는 소대장.

[당소 여우 둥지. 여우 잡이 말하라.]

통신이 열렸다.

"다, 당했다."

[무슨 말인가?]

"당했단 말이다. 모, 모두 죽었어!"

자신의 처지를 잊어버린 듯 목청껏 외치는 소대장이었다.

[침착하게 다시 말하라! 모두 죽다니!]

"고스트!"

그 말을 내뱉는 순간 소대장의 입이 떡 벌어지며 눈이 튀어 나올 듯 크게 떠졌다. 그리고 그의 이마 한가운데에서 구멍이 생기며 검붉은색의 핏물이 진득하게 흘러내렸다.

툭!

통신을 하던 자세 그대로 앞으로 고꾸라지는 소대장.

[여우 잡이! 여우 잡이! 대답하라! 여우 잡이!]

통신 장비에서 마지막 외침이 들려오며 서서히 통신 장비 의 마나석에 빛이 사그라지기 시작했다. 그리고 마침내 마나 석은 그 빛을 잃어 버렸고 사방은 다시 고요함에 물들어갔다.

그리고 약간의 시간이 흐른 후 죽은 소대장의 곁으로 검은 색의 갑옷으로 감싸인 발이 보였다.

가죽 질감의 검은색 풀 플레이트 메일을 입은 자.

바로 카이론이었다.

그의 눈동자는 흔들림이 없었다.

"작전 개시."

어디를 두고 말을 하는 것일까? 단 번에 일개 소대를 전멸시킨 카이론의 말에 숲은 미약하게 흔들림으로 답을 했다. 마치 바람이 부는 것 같았다.

*　　　*　　　*

"여우 잡이와 통신이 중단되었습니다."

"무슨 말인가?"

"마지막에 '고스트' 라는 말을 남겼습니다."

"전멸당했다는 말인가?"

"그렇게… 예상됩니다."

"말이 되나?"

"……."

정찰대대의 대대장 리차드 라미레스. 그는 황당하다는 듯이 입을 열었다. 그에게 그런 질책을 받은 부대대장인 게리 로스만 역시 황당하다는 표정을 짓고 있었다. 그런 로스만 부대대장의 표정에 고개를 저은 라미레스 대대장.

"두 개 정찰 소대를 투입한다."

"명을 따릅니다."

즉각 로스만 부대대장이 막사 밖으로 벗어났다.

탁!

부대대장이 막사 밖으로 벗어나자 들고 있던 지시봉을 바닥에 던져 버리는 라미레스 대대장이었다.

"이게 무슨 말도 안 되는… 후우~"

그러다 길게 숨을 들이 쉬며 자신을 스스로 진정시키는 라미레스 대대장이었다.

"아키투스!"

"불렀나?"

막사 밖에서 한 명의 거한이 안으로 들어섰다. 검은색 피부에 대머리. 회백색 눈동자는 사이한 느낌마저 들게 했다. 그는 그 흔한 레더 메일조차 착용하지 않았고, 그저 하체만 가리는 스커트만 착용하고 있을 뿐이었다.

"할 일이 있다."

"크흐흐."

할 일이라는 말에 그저 새하얀 이를 드러내며 웃는 아키투스. 그는 유난히도 붉은 혀로 입술을 핥았다.

그런 아키투스의 모습에 라미레스 대대장은 눈살을 찌푸렸지만 이내 정색을 하고 입을 열었다.

"고스트라 불리는 놈, 확인 좀 해."

"죽여도 되나?"

"죽여? 차라리 모조리 쓸어버려. 단, 아군은 제외다."

"그건 좀 아쉽군."

그렇게 말을 하며 라미레스 대대장을 뒤로 하고 천막을 나서는 아키투스였다. 그런 아키투스를 보며 마치 못 볼 것을 봤다는 듯이 고개를 흔드는 라미레스 대대장이었다.

"빌어먹을 키메라."

*　　*　　*

한 명의 병사가 조심스럽게 발을 내디뎠다. 그러다 움찔하며 눈을 들어 사방을 훑어보았다. 그러다 멀지 않은 곳에 자신의 동료가 있음을 보고 나직하게 숨을 내쉬며 안심을 했다. 하지만 다시 등골이 서늘해지는 느낌에 그대로 굳어졌다.

꿀꺽!

그는 마른침을 삼키며 느릿하게 뒤로 신형을 돌려세웠다.

부릅!

눈이 커졌다. 동시에 그는 자신의 목을 움켜쥐며 그대로 넘어지고 있었다. 병사가 바닥에 닿기 전 누군가 병사를 받아들며 조심스럽게 병사의 시신을 바닥에 내려놓았다.

"지옥에 온 것을 환영한다."

그리고 나직하고 음울한 음성이 흘러나왔다. 바로 곁에 있어도 몰라볼 정도의 완벽한 위장과 함께 얼굴 역시 무광택의 색소로 위장을 한 사내였다. 그때 죽은 병사의 지근거리에 있던 병사가 무언가 이상함을 느껴 슬쩍 옆을 훔쳐보았다.

'어디?'

우드득!

순간 병사의 목이 기괴하게 돌아가며 혀를 빼물었다. 그렇게 두 개의 소대가 사라지기 시작했다. 한 명, 한 명씩… 본인조차 느끼지 못할 정도로 빠르고 신속하게 말이다.

그 와중에 한 명의 흑인이 숲 속으로 들어서고 있었다.

바로 아키투스였다.

숲으로 들어서는 그 순간 아키투스는 피부를 찌르는 살기와 함께 폐부 깊숙이 파고든 비릿한 혈향을 느낄 수 있었다. 그에 아키투스는 흰 이를 드러내며 웃음을 지었다. 마치 이런 향기를 그리워했다는 듯이 말이다.

그의 움직임은 신속했다. 그러면서도 일체의 기척조차 일지 않았다.

툭!

빠르게 전진하던 도중 그의 발치에 무언가 걸리는 것이 느껴졌다. 그는 움직임을 멈춰 발치에 걸린 것을 확인했다.

시신이었다.

적의 시체가 아닌 아군의 시체. 그는 조심스럽게 시체를 살펴보았다.

단 번에 목이 잘려 죽었다.

주변을 살펴보았다. 발자국이 없었다. 하지만 아키투스는 포기하지 않고 꼼꼼하게 주변을 살폈다. 풀 한 포기, 나무 한 조각, 돌멩이 한 개까지 모두 훑었다. 그러다 나무에 녹색 물이 든 것을 발견했다.

그는 손으로 그것을 닦아 비벼보고, 코로 가져가 냄새를 맡아보다 이윽고 혀를 내밀어 맛까지 보았다. 그 순간.

사각!

그의 목을 훑고 지나가는 날카로운 소리. 순간적으로 그의 뒷목 언저리가 쩍 벌어지며 뼈가 분리되는 것 같은 느낌이 들었다. 하나, 그것은 순간이었다. 언제 벌어졌는지 모를 정도로 빠르게 아물어 가더니 이내 고개를 좌우로 돌리는 아키투스.

그의 시선이 향한 곳에는 숲인지 사람인지 구분을 할 수 없을 정도로 완벽하게 위장된 한 명이 놀란 듯 동그랗게 눈을 부릅뜬 채 자신을 지켜보고 있었다. 그를 바라보며 하얀 이를 드러내며 웃는 아키투스.

"꽤 따끔했어."

"죽엇!"

사내의 두 자루 단검에 붉은색 오러 스트림이 어른거렸다. 아키투스는 살짝 놀랐다. 분명 중대장이나 소대장 같은 간부는 아니었다. 그런데 오러 스트림을 시전한 채 자신의 전신 요혈을 노리며 쇄도하고 있었다.

채앵!

순간 아키투스의 팔뚝에서 갈고리 칼이 솟아나며 가슴 어림으로 쏘아져 오던 자의 오러 스트림을 막아내고 있었다.

"어떻게?"

놀란 눈이었다. 분명 아키투스의 손에는 아무것도 들려 있지 않았다. 그런데 그의 손에는 아니 그의 팔에는 날카로운 갈고리 칼이 솟아나 있었다.

정말 솟아나 있었다. 원래 그렇게 있었다는 듯이 말이다.

그런 놀라움을 보며 싸늘하게 웃는 아키투스. 그 순간 아키투스의 신형이 흐릿해졌다.

"커억!"

복부를 관통하는 뼈가 있었다.

아키투스의 손이 기이하게 변하며 어느새 사내의 복부를 꿰뚫고 있었던 것이다. 믿을 수 없다는 듯한 표정을 지어보이는 사내. 그 사내의 시선은 아키투스의 또 다른 손으로 향했고, 손가락에서 손톱이 길게 늘어났다.

"괴… 무울……."

"맞아. 난 괴물이지. 왕국을 위해서 만들어진 괴물. 왕국의 가는 길을 가로막는 모든 것을 부숴 버리는 괴물이지. 그 첫 번째 제물이 된 것을 영광으로 알아라."

아키투스는 길어진 손톱으로 사내의 목을 좌에서 우로 그었다. 그 다음 복부를 꿰뚫는 손을 가볍게 털었다. 사내의 목에서 기다렸다는 듯이 핏물이 쏟아졌고, 복부에서는 내장이 쏟아져 내렸다.

뜨겁고 비릿한 피 내음이 훅 끼쳐 왔다. 아키투스는 자신의 손톱에 묻은 사내의 피를 핥았다. 기이하게 늘어난 그의 혓바닥. 마치 파충류의 그것을 보는 것 같았다. 그 순간 두 줄기의 눈부신 검격이 그를 향해 쏟아졌다.

히죽!

웃었다.

아주 싱그럽게 웃었다. 이건 아주 즐겁다는 표정이었다. 오러 스트림이 시전된 검이 복부를 관통하고, 심장을 향해 쇄도하고 있음에도 불구하고 말이다.

티딩!

웃을 만했다.

그의 복부와 그의 심장을 쇄도했던 검이 튕겨져 나갔다. 전혀 예상치 못한 상황이었다. 그 순간 아키투스의 신형이 잔상을 남길 정도로 빠르게 움직였다. 공격을 가했던 두 명의 사내도 빨랐으나 그들보다 적어도 두 배는 빠르게 움직이는 아키투스였다.

콰직!

목을 움켜쥐었다. 손톱이 야들야들한 목을 파고들었다. 반항을 하거나 혹은 방어를 할 새도 없이 한 명의 사내가 그대로 목뼈가 부러지며 죽어갔다.

"미친……."

그 모습을 본 사내는 빠르게 몸을 돌려 숲 속으로 사라졌다. 하나, 그것은 단순히 사내의 바람일 뿐이었다. 어느새 사내의 뒤를 잡은 아키투스는 파충류의 그것처럼 변한 눈동자로 날카로운 웃음을 지어보였다.

"죽엇!"

달아나던 사내는 본능적으로 검을 휘둘렀다.

스걱!

'베었다!'

손에 느낌이 왔다. 분명 인간의 살갗이 베어지는 느낌. 확신할 수 있었다. 한데, 복부에 갑자기 헛구역질이 나도록 둔중한 충격이 전했다.

"우웨에엑!"

구토가 올라왔다. 극한의 통증과 함께 뱃속에 있는 모든 것이 끌려 나오는 것 같은 충격이었다.

퍽!

"크윽!"

쿠드드득!

그런 사내의 옆구리를 가차 없이 발로 차버리는 아키투스. 격렬하게 구토를 하던 사내는 마치 귀족가의 여인네들이 가지고 노는 실로 만든 공처럼 어린 나무들을 꺾으며 굴러가다 아름드리나무에 부딪혀 겨우 멈췄다.

"소속은?"

"좀 맞았다고 그걸 말하면 여기 오지도 않았어, 새끼야."

사내의 대답에 고개가 모로 꺾어지는 아키투스였다. 마음에 들지 않았다. 이 정도면 기세가 꺾여야 하는데 전혀 기세가 꺾이지 않았다. 아니 오히려 도발을 하고 있었다.

"시간을 벌려는 수작인가?"

"웃기는 새끼. 네까짓 게 뭔데 시간을 벌어? 죽여! 씹쌔야."

"그래? 죽여주지 뭐."

무심하게 입을 여는 아키투스. 그는 껄껄 거리고 있는 사내의 곁으로 걸어갔다. 그리고 무릎을 꿇고 앉았다. 그런 아키투스를 보며 침을 뱉는 사내.

"퉤엣! 크큭. 새끼, 무게 잡기는."

사내가 뱉은 침은 아키투스의 얼굴에 그대로 직격했다. 아키투스는 그 침을 닦으려 시도하지도 않았다. 그저 한 손으로는 사내의 오른팔 손목을 잡았고, 다른 한 손으로 사내의 어깨를 잡았다.

"조금 아플지도."

"무슨… 끄아아아악!"

아키투스는 사내의 어깨를 그대로 잡아 뜯었다. 있을 수 없는 일. 인간의 신체가 뜯는다고 해서 뜯어지는 것은 절대 아니었다. 근육과 뼈를 한꺼번에 잡아 뜯는 것이었다. 그것은 상상조차 할 수 없을 정도의 극통을 가져다주고 있었다.

피가 튀었다. 그러함에도 아키투스의 표정은 변함이 없었다. 하지만 그의 눈동자는 사이하게 웃고 있었다. 마치 아주 즐거운 일을 하고 있다는 듯이 말이다.

그는 잡아 뜯은 팔을 들고 아직도 비명을 지르고 있는 사내를 무표정하게 바라보았다.

툭!

그리고 잡아 뜯은 팔을 쓰레기 버리듯 던진 후 입을 열었다.

"소속!"

"주, 죽여. 이 개새끼야."

목구멍으로 넘어오는 핏덩이를 삼키며 사내는 발악을 하듯이 외쳤다. 아키투스는 흥미롭다는 듯이 사내를 바라봤다.

아무리 독종이라고 하지만 생살이 찢어지는 고통을 쉽게 견뎌내기는 어렵다.

그럼에도 불구하고 전혀 기세가 줄어들지 않았다. 재미있었다.

"재미있군. 뭐 괜찮아. 팔도 있고, 손가락도 있고, 발도 있지. 인간은 동물은 참 신기해서 굉장히 나약하면서도 말할 수 없을 정도로 끈질기지. 바로 너처럼 말이야."

그는 이번에는 그의 팔목을 붙잡았다. 순간 사내의 눈이 잘게 떨렸다. 방금 전의 고통이 생각난 것이었다. 사내는 혀를 물었다.

콰직!

그때 그의 입으로 박히는 또 무엇. 그가 혀를 깨물지 못하도록 던져두었던 팔을 그의 입속으로 처박은 것이었다. 그리고 망설임 없이 사내의 팔목을 잡아 비틀었다.

"끄으으… 끄으읍!"

사내의 눈동자가 뒤집히며 전신을 부들부들 떨었다. 그런 사내의 모습을 아주 재미있다는 듯이 바라보는 아키투스.

그리고 사내의 정신이 혼미해져 기절할 즈음 사내의 뺨을 후려치며 그를 일깨웠다.

"소속은!"

"개새끼!"

"오~ 좋아! 좋아! 그 정도는 해줘야지."

이제는 소속 따위는 아무래도 상관없다는 듯이 고문을 즐기는 듯한 표정을 지어 보이는 아키투스였다. 그의 눈동자가 희번득거리고 있었다. 마치 미쳐 가는 무언가를 보듯이 말이다. 그는 다시 사내의 팔 관절을 잡았다.

우뚝!

그때 아키투스의 행동이 멈췄다. 그는 서서히 사내의 팔을 놓고 일어났다. 그리고 자신의 전면을 무섭게 노려봤다.

"역시 개를 패니 주인장이 나오는군."

아키투스의 입에서 으르렁거리는 소리가 흘러나왔다. 그제야 상대의 시선이 아키투스를 향했다.

그의 체구는 상당했다. 아키투스 자신과 비견해도 절대 뒤지지 않을 정도로 말이다. 그런데 위험한 냄새가 났다.

매우 위험한 냄새 말이다. 전신의 근육이란 근육이 미친 듯이 움찔거렸고, 지금까지 단 한 번도 느낀 적 없던 기괴한 쾌감에 사로잡혔다. 그가 걸음을 옮겨 아키투스를 향해 걸음을 옮겼다.

그의 시선은 아키투스를 바라보고 있는 것이 아닌 간헐적으로 부들부들 떨면서도 죽은 듯이 누워 있는 사내를 바라보고 있었다. 그는 아키투스를 신경조차 쓰지 않고 사내의 곁에 무릎을 꿇고 앉아 입을 열었다.

"나다!"

"사령관……."

"그래."

"…올 줄 알았소."

"훈련이 부족했던 모양이로군."

"크큭… 요령 좀 피웠소."

"배가 나온 걸 보니 그런 것 같군."

"소원 하나 들어 주겠소?"

"일어날 자신이 없나?"

"일어나고 싶은데 이 모양이라서 말이오."

둘은 대화를 하고 있었다. 그러는 와중에도 사내의 목에서는 여전히 가래 끓는 듯한 소리가 들려왔고, 그의 팔과 복부에서 흘러나오는 피는 이제 바닥을 질척하게 만들고 있었다.

"저 새끼……."

힘겹게 고개를 돌린 사내. 그가 멀거니 자신을 바라보고 있는 아키투스를 보며 입을 열었다.

"죽여주시오."

"죽이는 대신 일어설 수는 없나?"

"이제는 조금 쉬고 싶소."

"그래. 쉬어라."

카이론의 말에 힘겹게 잡고 있던 목숨 줄을 놓은 사내. 카이론은 눈을 감지도 못한 채 죽음을 맞이한 사내의 눈을 감겨 줬다.

"꽤 시간이 걸렸군."

아키투스는 나직하게 이죽거렸다. 그의 목소리를 들으며 서서히 신형을 일으켜 세우며 몸을 돌려세우는 자.

바로 카이론이었다.

그런 아키투스의 모습을 보던 카이론의 고개가 모로 꺾어지고 여전히 그의 팔뚝에서 돋아나 있는 갈고리 칼에 시선을 두며 입을 열었다.

"키메라인가?"

"호오~ 나를 알아보는 건가?"

"대체로 동물적인 본능이 우선한다고 하던데."

"난 좀 특별하지."

"특별하다? 그래 특별하게 죽여주지."

"크흐흐흐. 듣던 중 반가운 소리군. 그럼 죽여봐!"

카이론의 마지막 말이 그의 신경을 긁어서인가? 아키투스의 팔에서 더욱 날카롭고 더욱 강력해진 갈고리 칼날이 솟아나며 카이론을 향해 쇄도해 들었다. 그의 몸 자체에 무기를 박아 넣은 것이리라. 여느 사람이라면 놀랄 만도 하건만 카이론은 놀라지 않았다.

아마도 이보다 더한 것을 본다 해도 놀라지 않을 것이었다.

그는 카이론이니까.

빗살처럼 카이론을 향해 쇄도하난 아키투스. 하나, 카이론은 어렵지 않게 그의 공격을 피해내고 있었다. 대신 가볍게 주먹을 휘둘러 아키투스의 빈 공간을 파고들어 가격했다.

"큭!"

짧은 신음을 흘리며 튕기듯 카이론의 공격권에서 벗어나는 아키투스. 그는 슬쩍 자신의 옆구리를 바라보았다. 욱신거렸다. 자신에게 고통을 선사한다는 것. 그것은 지극히 어려운 일이었다. 이미 고통에 면역이 되어 있는 자신의 몸뚱이니까.

하지만 고통이 밀려왔다. 그것도 아릿할 정도의 충격과 내부 장기가 뒤집힐 정도의 극통이 말이다. 그에 아키투스의 두툼한 입술이 보기 싫게 일그러졌다.

"겁먹은 건가?"

그러한 그를 또다시 도발하는 카이론.

"서서히 죽여주지."

말과 함께 눈에 보이지 않을 정도로 빠른 속도로 카이론을 향해 쇄도해 들어가는 아키투스. 카이론은 두 개의 나노 블레이드를 소환했다.

카앙!

나노 블레이드는 어느새 그의 지척에 도달한 아키투스의 갈고리 칼과 부딪히며 불똥을 만들어내고 있었다. 하지만 그런 부딪힘은 단 한 번에 그친 것이 아니었다. 이 정도의 방어는 이미 예상이라도 했다는 듯이 미친 듯이 갈고리 칼을 휘두르는 아키투스.

그의 괴력은 실로 대단했다. 익스퍼트에 오른 기사라 할지라도 결코 그의 검력을 함부로 받아낼 수 없을 정도로 한 수한 수가 강렬한 힘을 담고 있었다. 하지만 카이론은 마치 그저 스쳐 지나가는 바람처럼 가볍게 그것을 받아넘기고 있었다.

"이것뿐인가?"

갈고리 칼을 막아내면서도 카이론은 나직하게 놀리듯이 아키투스를 도발했다. 그에 아키투스의 얼굴이 시뻘겋게 변해갔다.

"크화아악!"

아키투스의 공세가 갑작스럽게 변했다. 방금 전까지는 그래도 어떤 형식을 가지고 있었다고 하면 이번에는 어떠한 형식도 없었다. 단지 빈틈을 노려 비수처럼 꽂혀 드는 무지막지한 강격만 있을 뿐이었다.

카앙! 카앙!

연신 울려 퍼지는 쇳소리.

아키투스는 미친 듯이 갈고리 칼을 휘둘렀다. 그러다 그조차도 마음에 들지 않는지 그의 손가락에서는 손톱이 길게 늘어나기 시작했다. 거의 30㎝이상 길어진 손톱을 마치 칼처럼 휘두르니 그 날카로움에 아름드리나무가 날카롭게 잘려 나가고 바위마저 치즈처럼 부서져 나갔다.

"더! 더 몸부림 쳐라! 내 부하에게 했던 것처럼."

카이론의 입에서 듣는 것만으로도 피를 얼려 버릴 것만 같은 말이 흘러나왔다. 카이론 그는 분노하고 있었다.

사람이 아닌 사람. 인간을 생체 실험을 해서 만든 인간. 그런 키메라에게 죽은 자신의 부하.

이성을 가지고 있으나 인간의 감정을 가지지 못한 자. 이런 자들을 만들어낸 나파즈 왕국. 마나를 다루지 못하지만 그 존재 자체로만 익스퍼트의 오른 이들을 가볍게 제압할 수 있는 생체 무기.

빈틈을 이용해 나노 블레이드를 찔러 넣었다. 날카롭게 잘려 나가는 살갗. 검붉은 핏물이 튀었다. 하지만 잘려 나가기 무섭게 회복하고 있었다. 믿을 수 없을 정도의 회복력이었다. 다시 그의 나노 블레이드가 번개처럼 휘둘러졌다.

서걱!

"크아아악!"

커다란 비명과 함께 뒤로 훌쩍 물러나는 아키투스. 그의 오른팔 팔꿈치 아래가 깔끔하게 잘려 나간 탓이었다. 아키투스의 얼굴을 흉악하게 일그러졌다. 마계의 마왕이 있다면 지금의 아키투스와 똑같은 얼굴이었을 것이다.

"크흐으~"

나직한 신음성을 흘리며 카이론을 노려보는 아키투스. 그러다 인상을 잔뜩 찌푸리며 다시 답답한 신음성을 흘렸다.

카이론은 기다렸다. 아직 아니었다. 죽은 해럴드가 당한 고통을 생각하면 이 정도는 아무것도 아니었다.

"흐으으~"

꾸물꾸물.

시간이 지날수록 아키투스의 잘린 팔이 재생되고 있었다. 손가락만 하던 것이 이제는 완연하게 팔의 모습을 보였고, 다시 원래 있었던 것처럼 재생되어 있었다.

"크흐흐. 멍청한 놈."

"목을 잘라야 하는 모양이군."

"흐으~ 자를 수 있다면."

그러는 동안에 아키투스의 신장이 점점 커지고 있었다. 원래는 카이론과 비슷한 체구였으나 이제는 불카투스와 비슷한 크기의 거대한 몸집이 되었다. 더 커지고 더 강력해진 모습. 괴물 그 자체를 보는 것과 같았다.

"거대해진다고 강해지는 것은 아니지."

"크흐흐… 죽고 나서도 그런 말을 할지 두고 보지. 크화악!"

거대한 함성을 지르며 카이론을 향해 돌진해 들어가는 아키투스.

그런 아키투스를 향해 마주 달려가는 카이론.

그런 카이론을 보며 미친놈이라는 듯이 비웃음 가득 떠올린 아키투스.

"죽엇!"

주변의 나무를 그대로 뽑아 들더니 카이론을 향해 거침없이 휘두르는 아키투스. 하나, 그런 뻔히 보이는 움직임에 당할 카이론이 아니었다. 어느새 아키투스의 등 뒤로 돌아가 언월도를 휘두르고 있었다.

쉬아악!

"크아악!"

비명 소리가 들려왔다. 아키투스의 등이 쩌억 벌어졌다. 그러함에도 아키투스는 죽지 않았다.

그는 바로 돌아섰고, 그 짧은 시간 그의 등은 꾸물거리며 회복되고 있었다. 카이론은 언월도를 횡으로 그었다.

그의 언월도에는 청백색의 빛이 솟아나 있었다. 본능적으로 위험하다는 것을 안 아키투스는 두 팔을 들어 갈고리 칼로 카이론의 언월도를 막아갔다. 하나, 소용없었다.

"무슨……."

팔이 잘라졌다. 그리고 어떤 것으로도 벨 수 없는 갈고리 칼이 잘려 나가고 있었다.

회복할 시간조차 주지 않았다. 아키투스의 목이 움츠러들었다. 갈고리 칼과 팔을 자른 청백색의 언월도가 노리는 것은 자신의 목이라는 것을 알았기에.

그의 신형이 뒤로 넘어갔다. 목을 피하려는 필사적인 그의 회피였다. 그때 가슴 어림에 따끔한 무언가가 느껴졌다.

청백색으로 빛나는 무언가가 그의 가슴을 파고들었다. 그와 동시에 정수리에서도 따끔함이 느껴졌다.

갑작스럽게 전신의 힘이 모두 빠져나가는 듯한 느낌이 들었다. 잔뜩 부풀어 올랐던 아키투스의 신체가 줄어들기 시작했다. 재생을 하고 있던 두 손은 재생을 멈췄고, 차가운 언월도의 날이 그의 목을 훑고 지나갔다.

쿠웅!

주변에 부유물을 남기며 거구가 쓰러졌다. 아직 원래대로 돌아오지 못한 그의 신체는 기괴하기 그지없었다. 카이론은 가볍게 언월도를 털어 핏물을 제거했다. 아키투스의 정수리와 심장을 파고들었던 나노 블레이드가 뽑혀져 나오며 그에게로 돌아왔다.

"모두 제거되었습니다."

그때를 같이하여 누군가의 음성이 들려왔다.

"목을 잘라 효시한다."

"명!"

"그리고 이자의 목은 적에게로 보낸다."

"명!"

카이론은 철저하게 잔인해지기로 했다. 그렇지 않은 적은 병력으로 다섯 배가 넘어가는 적을 어떻게 할 수 없으니까.

"얼마든지 오라."

그는 나파즈 왕국의 병력이 집결해 있는 곳을 바라보며 나직하게 입을 열었다.

* * *

"이게 뭔가?"

"저도 잘 모르겠습니다."

라미레스 대대장의 물음에 로스만 부대대장이 답을 했다. 부대대장이 가지고 온 것은 크지도 작지도 않은 상자였다. 하지만 상자를 보는 순간 라미레스 대대장은 왠지 모를 불안감에 휩싸였다.

하지만 이내 정색을 한 후 상자를 열어보았다. 그리고 그의 눈은 더 이상 커질 수 없을 정도로 크게 떠졌다. 그것은 로스만 부대대장 역시 마찬가지였다. 믿을 수가 없었다. 상자 속에 있는 것은 아키투스의 목이었다.

그리고 아키투스의 목 위에는 한 장의 서신이 놓여져 있었다. 라미레스 대대장은 떨리는 손으로 서신을 들어 펼쳐 보았다.

지옥에 온 것을 환영한다!

그것으로 끝이었다.

그때!

"대, 대대장님!"

"무슨……."

"바, 밖에……."

병사의 말에 라미레스 대대장은 부리나케 자리를 박차고 나가 밖을 나가보았다. 그는 볼 수 있었다. 하늘 높이 나는 까마귀 떼를 말이다. 그리고 그 밑에서 효시되어 있는 수십 두의 목을 말이다.

"이익!"

그는 두 손을 꽉 움켜쥐며 어금니를 꽉 깨물었다. 전멸이었다. 그리고 이것은 명백한 도발이었다.

"전원 전투 준비!"

"대대장님!"

그때 부대대장이 외쳤다. 하나, 곧바로 입을 닫을 수밖에 없었다. 그를 돌아보는 대대장의 눈동자는 핏발이 서 있었기 때문이었다.

이것은 말할 수 없는 치욕이라 할 수 있었다. 발톱의 때만 큼도 여기지 않았던 적이었다.

그런데 그런 적에게 이런 조롱을 당하다니 있을 수 없는 일이었다.

"나를 막을 셈인가?"

"그……."

"지금 저들을 막지 않으면 걷잡을 수 없이 사태가 커질 것이다. 저들은 그것을 노린 것이다. 아직도 알지 못하겠나?"

나직하게 말을 하는 대대장이었다. 이것은 도발이 아니었다. 경고였다. 들어오면 죽는다는 그런 경고 말이다. 그런데 그 경고가 병사들에게 먹히기 시작하면 병사들의 사기는 걷잡을 수 없이 떨어질 것이다.

그러면 끝난 것이다. 싸워보지도 못하고 패배하게 되는 것이다. 그것을 벗어나기 위해서는 병사들을 선동해 적을 찾아 들어가는 것이었다. 동료의 원수를 갚기 위해서 말이다.

"내키지 않는다면 여기에 남아 있으라. 또한, 저 머리를 본대에 전달하도록 하라."

"하나!"

"누군가는 해야 할 일이다. 여기에 이대로 주저앉아 있는

다면 이길 수 없음을 알지 않은가?"

그 말을 남기고 라미레스 대대장은 말에 올라 이미 정비를 마치고 대기 중인 병사들을 이끌고 죽은 병사들의 목이 효시되어 있는 숲 속으로 향했다.

하지만 이들은 지금 한 가지 간과하고 있는 것이 있었다.

바로 그들의 눈에 발견될 정도로 가까이에 효시되어 있는 병사들의 목이었다. 언제, 어떻게 효시를 했을까?

단 한 명도 그것을 의심해 보지 않았다. 그리고 병사들을 이끌고 숲 속으로 사라지는 병력을 보며 진득하게 미소를 떠올리고 있는 이가 있었다.

바로 대대장의 막사로 뛰어든 그 병사였다.

그때 병사의 귀로 들려오는 소리가 있었으니.

"전원 후퇴 준비한다."

부대대장은 상황이 심상치 않음을 느껴 곧바로 후퇴 준비를 했다. 대대장은 진지를 지키라 했지만 세 개의 소대가 전멸당했다. 한 개 소대가 40명이라고 하면 120명이 죽음을 당했다.

여기에 남아 있는 병력은 고작해야 일개 중대 정도. 이 인원으로는 전투 부대를 당해낼 재간이 없었다. 물론, 이것 역시 그저 변명일 수도 있었다. 지금 부대대장이 후퇴 준비를 하는 것은 자신의 등골을 서늘하게 하는 말로 표현할 수 없는 어떤 느낌 때문이었다.

'물러나야 해. 그리고 알려야 해.'

강력하게 찾아든 생각. 그래서 판단을 내렸다. 지체할 시간이 없었다. 자신이 지금까지 살아남은 것은 이런 불안감을 피해왔기 때문이었다.

남들은 그저 별일 아니라는 듯이 치부하겠지만 그는 이런 불안감을 언제나 현실에 반영시켰다.

덕분에 지금까지 살아남을 수 있었던 것이다. 지금도 마찬가지다. 그 감을 믿은 것이다. 그러하기에 돌아가야만 했다.

"대대장님이 지키라 했지 않습니까?"

진득한 웃음을 짓던 병사가 부대대장에게 말했다. 그에 부대대장은 눈썹 사이를 좁히며 병사를 바라봤다.

"병사 주제에……."

"명령 불복종이지 않습니까?"

"감히 네놈이 무엇을 안다고."

"미천한 병사지만 군대는 명령에 죽고 명령에 산다고 알고 있습니다."

"정녕 네놈이 죽고 싶은 모양이로구나."

분이 머리끝까지 치민 부대대장이 검을 빼들려는 순간이었다.

"꺼억!"

하나, 부대대장은 검을 빼들 수 없었다. 어느새 곁에 있던 병사가 시퍼런 단검으로 부대대장의 복부를 찔러가고 있었기 때문이었다.

불시의 기습이었다. 부대대장의 손이 부들부들 떨리고 입이 떡 벌어졌다.

"가서 묻거든 답하라. 예니체리 사단의 특전대대 에릭 카터에게 죽었노라고."

부대대장은 어떤 말도 할 수 없었다. 그 말과 함께 더욱 깊숙하게 찌르고 들어오는 단검에 이미 내장이 가닥가닥 끊어지고 검이 심장을 헤집고 있었기 때문이었다. 꺼져 가는 그의 눈동자가 잠시 흔들렸다.

미약하지만 비명 소리가 들린 탓이었다. 한 개 중대의 병력이 순식간에 전멸당하고 있었다. 전신에 힘이 모두 빠져나가기 시작했다.

'아, 안 되는데… 이러면 안 되는데…….'

말을 하고 싶었으나 그의 외침은 결코 입 밖으로 흘러나오지 않았다. 그때 복부가 갑자기 시원하다는 생각이 들었다.

'…시원하군.'

툭!

그것이 부대대장의 마지막 생각이었다. 그의 얼굴은 바닥에 그대로 곤두박질쳤고, 부릅뜬 눈은 제대로 감기지도 않았다. 그런 부대대장을 바라보며 에릭 카터는 나직하게 중얼거렸다.

"아군의 한 명의 죽음을 백 명, 천 명의 죽음으로 달랜다."

그는 부대대장의 천막을 벗어났다. 그에 피비린내가 훅 끼쳐 왔다.

"정리 끝났습니다."

"안에 있던 상자와 서신을 적의 손에 넘어가도록 조치한다."

"명!"

정리가 끝났다. 에릭 카터는 멀리 사라져 가고 있는 정찰대대의 본대를 바라봤다. 그러다 진득한 미소를 떠올렸다. 그 미소는 피가 뚝뚝 떨어지는 것 같은 느낌이 들 정도였다.

"공포가 무엇인지 느껴 보아라."

그는 알고 있었다. 자신들의 사령관이 분노하고 있음을 말이다. 비록 그들이 숫자가 더 많다고 하지만 그들은 전심전력으로 저 숲을 벗어나려고 발버둥 쳐야 할 것임을 말이다.

죽음의 숲이 그들을 맞이하고 있었다.

물론, 이름 모를 숲으로 치고 들어가는 나파즈 왕국의 정찰대대는 그리 생각하지 않았다. 동료의 복수를 위해 적의 숨통을 끊으려 들어가고 있다, 이리 생각할 것이다.

함께 웃고, 함께 뒹굴며, 함께 싸웠던 동료의 복수를 위해 말이다.

그들이 도착한 숲은 조용했다. 아니, 적막했다고 해도 과언
이 아니었다. 새소리나 그 흔한 곤충들의 부스럭거리는 소리
조차 들려오지 않았다. 대신 질식할 것만 같은 적막함과 이루
형언할 수 없는 피비린내가 코끝을 찔렀다.

사르락! 사르락!

풀잎에 군복이 스치는 소리가 들려왔다.

꿀걱!

긴장한 누군가가 마른침을 삼켰다.

투둑!

풀잎 위로 굵은 땀방울이 떨어졌다. 풀잎은 땀방울의 무게
를 견디지 못해 고개를 숙였다.

와직!

들려오는 소리에 병사는 가던 길을 멈춰 섰다. 발밑을 봤
다. 나뭇가지 하나가 밟혀 난 소리였다.

"후우~"

아주 작게 한숨을 내쉬었다. 그리고 다시 전방을 응시하며
조심스럽게 걸음을 옮기려던 그 순간, 병사의 등 뒤에 있던
나무가 살짝 흔들렸다.

"큭!"

병사가 발버둥 쳤다.

스걱!

목울대가 잘려 나가며 몸부림치던 병사가 비명조차 지르지 못한 채 축 늘어졌다. 축 늘어진 병사의 시신이 나무가 있는 곳으로 끌려갔고, 이내 흔적조차 남지 않았다. 미묘한 분위기를 감지한 일단의 병력이 조심스럽게 방금 사라진 병사가 있던 자리로 다가왔다.

그들은 순간 자신들의 정찰 대형에 구멍이 생겼음을 깨닫고 빠르게 경보를 울렸다.

"삐이이익! 삑! 삑! 삑!"

그에 그와 같은 경보가 숲 전체로 빠르게 전달되었고, 그 소리는 정찰대대장인 라미레스 대대장에게도 전달되었다. 그의 걸음이 멈춰지며 마른침이 넘어갔다. 은밀하게 들어왔음에도 불구하고 마치 기다렸다는 듯이 경보가 울렸다.

그것도 한 번이 아닌 동시에 네댓 개의 경보가 울렸다. 적어도 열 명의 병력이 순식간에 죽어나간 것이었다.

라미레스 대대장은 손을 활짝 편 후 다시 오므렸다. 그의 수신호가 바로 전달되면서 숲 속은 다시 약간의 부산스러움이 감돌았다.

후퇴 후 집결하라는 신호였다. 이미 이 이름 모를 숲에 대한 정보를 확보하고 각 포인트를 정한 상태. 흩어진 대열을 정돈하고 정찰 간격을 급격히 좁히기 시작했다.

그때였다.

퍼헉!

한 병사의 목이 확 젖혀졌다. 그리고 핏덩이가 퍼졌다. 가까이 있던 병사의 눈이 커질 무렵.

퍽!

병사의 이마에 화살 한 대가 박혔다. 그에 그와 함께 후퇴하던 병사들은 급히 몸을 숙여 나무나 혹은 뿌리 등을 엄폐물 삼아 몸을 숨겼다. 이마에 화살이 박힌 병사의 사지는 아직도 잘게 떨었다.

근처에 있는 이가 병사의 옷자락을 잡아당겼다. 병사는 이미 절명한 상태였다. 병사를 끌어 들인 자는 이마에 박힌 화살을 뽑아냈다.

30㎝ 내외의 터무니없이 작은 화살이었다. 보통 장궁에 사용하는 화살의 길이는 75~100㎝. 이것은 그 절반에도 못 미친다.

사내는 일단 그 작은 화살을 챙겼다. 어떤 단서를 줄 수 있을지 몰라서였다. 그리고 땅을 기듯이 움직여 피가 터지며 죽은 병사 곁으로 다가갔다.

이번에는 아무것도 없었다. 그저 들어간 입구는 콩알보다 작았으나 뒤통수는 뻥 뚫려 있을 뿐이었다.

'대체……'

그때 그의 귓가로 날카로운 소리가 들려왔다.

피이잇!

고개를 그대로 바닥에 처박았다. 아무런 소리가 나지 않아 고개를 살짝 들어 전방을 살피고 몸을 조심스럽게 뒤집어 뒤를 살폈다.

자신과 같이 있던 여섯 명의 병사 중 네 명의 병사가 각각 목과 이마 한가운데 방금 전 보았던 화살이 관통되어 죽어 있었고, 또 다른 두 명은 화살조차 보이지 않은 채 앉은 자세 그대로 절명해 있었다.

전신이 부들부들 떨렸다. 그는 다시 몸을 뒤집어 벌레처럼 기어서 움직였다. 그러다 몸을 그대로 딱 멈췄다. 무언가 그의 옆에서 움직이고 있다는 느낌이 들었기 때문이었다. 그는 전신은 이미 피범벅이 되어 있었다.

마치 죽은 시체처럼 말이다. 그는 냄새 나는 숲의 바닥에 고개를 푹 처박았다. 하지만 궁금했다. 대체 어떤 이들인가 해서 말이다. 그의 옆에서 숲이 움직였다. 숲과 똑같았다. 낙엽이 있었고, 풀이 있었다.

움직이지 않았다면 절대 발견할 수 없을 정도의 완벽한 위장이었다. 바닥에 죽은 척 엎드려 있던 사내는 감히 고개를 들어 그들의 허리 위로 바라볼 엄두조차 내지 않았다. 그들은 신속하지만 소리 없이 움직였다.

고개를 처박은 사내는 생각했다.

'지나가라. 지나가라.'

무사하길 바랐다. 하나, 사방이 죽음과 같은 정적이 감돌았을 때 불현듯 든 생각이 있었다.

'그들이 나를 발견하지 못했을까?'

완벽한 위장을 한 자들. 그들이 산 자와 죽은 자를 구별하지 못했을까? 아무리 자신이 죽은 자의 피로 범벅이 되었다고 하지만 과연 자신을 발견하지 못했을까? 하는 생각이 들었다.

'그들은… 일부러 나를 살렸구나. 알리라고.'

그랬다.

사내의 생각은 정확했다. 자신을 주시하는 눈은 없었다. 하나, 움직일수록 느낄 수 있었다. 자신에게만 자유가 주어진 것을 말이다. 사내는 그것을 확신하자 미친 듯이 뛰었다. 은신이고 은폐, 엄폐고 소용없었다.

적들의 마음이 언제 바뀔지 모르니 말이다. 그러는 동안 그는 또 다른 생각이 들었다.

'왜? 왜 조용하지?'

최소한 비명이라도 들려와야 했다. 하나, 비명조차 없었다. 그가 가는 곳마다 즐비하게 널려진 시체만 있을 뿐이었다.

'다, 당했다.'

그는 숨이 차이 심장이 뛰어나올 것 같지만 도저히 멈춰서 그들의 시신을 확인할 수 없었다. 멈추면 자신도 죽을 것 같았다.

"으억!"

그러다 무언가에 걸려 넘어졌다. 사내는 넘어진 상태에서 빠르게 돌아봤다.

'라미레스 대대장!'

눈을 부릅뜬 채 죽어 있었다. 그는 뒷걸음질 쳤다. 확실해졌다. 자신은 살 수 있다. 자신을 통해 적들은 알리고 있었다.

들어오라고.

다 죽여주겠다고.

『워리어』 7권에 계속…

이 시대를 선도하는 이북 사이트

이젠북

www.ezenbook.co.kr

더욱 막강해진 라인업!
최강의 작가들이 보이는 최고의 재미.

이들의 "유료연재"가 시작됩니다!

김재한 『성운을 먹는 자』
홍정훈 『월야환담 광월야』
이지환 『어린황후』
좌백 『천마군림 2부』
김정률 『아나크레온』

태제 『태왕기 현왕전』
전진검 『퍼팩트 로드』
방태산 『완벽한 인생』
왕후장상 『전혁』
설경구 『게임볼』

검색창에 **이젠북** 을 쳐보세요! ▼ 🔍

데일리 히어로

FUSION FANTASTIC STORY

인기영 장편 소설

지금까지 이런 영웅은 없었다!

『데일리 히어로』

꿈과 이상을 가진 평.범.한. 고딩 유지웅.
하지만……
현실은 '빵 셔틀' 일 뿐.

그러던 어느 날, 유지웅의 앞에 나타난 고양이.
그(?)로 인해 모든 것이 바뀌었다.

선행! 선행! 그리고 또 선행!

데일리 히어로 유지웅의 선행 쌓기 프로젝트!

Book Publishing CHUNGEORAM

유행이 아닌 자유추구 -
WWW. chungeoram.com

북검전기
우각 新무협 판타지 소설
ORIENTAL HEROES
2014년의 대미를 장식할,
작가 우각의 신작!
『십전제』, 『환영무인』, 『파멸왕』…
그리고,
『북검전기』
무협, 그 극한의 재미를 돌파했다.
북천문의 마지막 후예, 진무원.
무너진 하늘 아래 홀로 서고, 거친 바람 아래 몸을 숙였다.
살기 위해! 철저히 자신을 숨기고
약하기에! 잃을 수밖에 없었다.
심장이 두근거리는 강렬한 무(武)!
그 걷잡을 수 없는 마력이,
북검의 손 아래 펼쳐진다!
Book Publishing CHUNGEORAM
유행이 아닌 자유추구 -
WWW.chungeoram.com

The Record of Dragon's Return

재중 귀환록

푸른 하늘 장편 소설

FUSION FANTASTIC STORY

『현중 귀환록』, 『바벨의 탑』의
푸른 하늘 신작!
이계를 평정한 위대한 영웅이 돌아왔다!

어느 날 갑자기 찾아온 부모님의 죽음.
그리고 여동생과의 생이별.
모든 것을 감당하기에 재중은 너무 어렸다.
삶에 지쳐 모든 것을 포기할 때, 이계에서 찾아온 유혹.

"여동생을 찾을 힘을 주겠어요.
대신 나를 도와주세요."

자랑스러운 오빠가 되기 위해!
행복한 삶을 위해!

위대한 영웅의
평범한(?) 현대 적응이 시작된다!

Book Publishing CHUNGEORAM

유행이 아닌 자유추구 -
WWW. chungeoram.com

용마검전
FANTASY FRONTIER SPIRIT
김재한 판타지 장편 소설

「폭염의 용제」, 「성운을 먹는 자」의 작가 김재한!
또다시 새로운 신화를 완성하다!

『용마검전』

사악한 용마족의 왕 아테인을 쓰러뜨리고
용마전쟁을 끝낸 용사 아젤!

그러나 그 대가로 받은 것은 죽음에 이르는 저주.
아젤은 저주를 풀기 위해 기나긴 잠에 빠져든다.

그로부터 220년 후…….

긴 잠에서 깨어난 아젤이 본 것은
인간과 용마족이 더불어 살아가는 새로운 세상이었다.

Book Publishing CHUNGEORAM

유행이 아닌 자유추구 -
WWW.chungeoram.com

문용신 新무협 판타지 소설

FANTASTIC ORIENTAL HEROES

한량 아버지를 뒷바라지하며
호시탐탐 가출을 꿈꾸던 궁외수.

어린 시절 이어진 인연은
그를 세상 밖으로 이끄는데……

"내가 정혼녀 하나 못 지킬 것처럼 보여?"

글자조차 모르는 까막눈이지만,
하늘이 내린 재능과 악마의 심장은
전 무림이 그를 주목하게 한다.

"이 시간 이후 당신에겐 위협 따윈 없는 거요."

무림에 무서운 놈이 나타났다!

Book Publishing CHUNGEORAM

유행이 아닌 자유추구 -
WWW.chungeoram.com